Anne Duden
Übergang
Rotbuch 261

Anne Duden

Übergang

Rotbuch Verlag Berlin

10.-12. Tausend 1983

Umschlag unter Verwendung einer Zeichnung
von Vincent van Gogh »Aronstab«, 1890
Satz und Druck Poeschel & Schulz-Schomburgk, Eschwege

ISBN 3 88022 261 4

Inhalt

Ich bin ständig auf der Flucht vor anderen Menschen. Sie haben nur eins im Sinn: mich auszubeuten oder umzubringen.
Sie fangen immer mit ein und derselben Sache an. Erst reißen sie mir die Augen aus und befestigen sie an sich selbst, damit sie anzusehen ich von nun an gezwungen bin. Sie wissen nicht von dem Auge, das ich zuviel habe, das nun allerdings ohne die beiden anderen sieht wie eine Axt: spaltend und unerbittlich.
Dann überschütten sie mich mit ihrer Dankbarkeit, die sich als Zuneigung ausgibt. Aber tatsächlich ist beides Pech und Schwefel, was nun aus ihnen herausläuft und für das sie – ich verstehe wohl – nur unbedingt ein Drainage-System brauchen. Sonst würden sie ja an Vergiftung sterben. Überhaupt kommen sie wegen der Todesangst zu mir.
Sie wissen natürlich auch nicht, daß ich einen verborgenen Raum in mir habe, in den nichts eindringen kann, selbst wenn Poren und andere Körperöffnungen und Sinnesorgane schon alles durchgelassen haben. Es ist eine Art manchmal schwimmender, manchmal schwebender Krypta, ein Unterdauerungsraum. Dieser Raum hat sich selbstverständlich langsam herausgebildet und wurde erst im Lauf von Jahrzehnten fertiggestellt. Das Baumaterial dafür aber ist von Anfang an gehortet worden.
Dort halte ich mich nun meistens auf. Manchmal liege ich, wegen der Schwere, auch aufgebahrt. Aber nicht als Schneewittchen oder Lazarus oder anderweitig schöne

Seele, sondern als Versteinerung mit vielen geronnenen Spuren. Oft ist es mir zu kalt und still, und ich möchte dann lieber in einer Tropfsteinhöhle sein, deren Innereien aufeinander zutropfen.
Insgesamt aber geht es mir schon viel besser, und ich glaube nicht, daß ich mehr Grund zum Klagen oder zur Freude habe als die anderen auch.

I

Das Landhaus

Ich war eingeladen, das Landhaus zweier Wissenschaftler zu hüten. Es sah ganz so aus, als täten sie mir damit einen Gefallen, besonders als sie mir zum ersten Mal Lage und Ausstaffierung des Hauses beschrieben. Mehrere hundert Jahre alt, strohgedeckt, inmitten von Weiden und sanften Hügeln, in der Nähe eines Dorfes, aber doch so abgeschirmt von allem weiteren menschlichen Leben, daß man tagelang die Existenz von Autolärm und anderem vergesse. Morgens um fünf rufe meistens der Kuckuck so laut, daß man die Fenster schließen müsse. Stereoanlage, Klassiksammlung von A bis Z, Farbfernseher, Tiefkühltruhe, Waschmaschine. Von all dem reizte mich vage nur die Waschmaschine, weil ich gerne untätig zusehe, wie etwas weiß wird. Angst brauche ich nicht zu haben. Es sei noch nie etwas passiert. Es gelte nur, das Haus gegen Einbrecher zu schützen, und das sei getan durch meine pure Anwesenheit.
Ich sagte trotz Kuckuck und Tiefkühltruhe zu. Drei volle Wochen also. Die begannen mit einem Sonntag im Mai.

Mein Geliebter brachte mich mit dem Auto hin. Das Dorf fanden wir ohne größere Schwierigkeiten. Das Landhaus indes kannte niemand der im Dorf Befragten. Wir fuhren mehrmals im Kreis – ich glaube, durch die gesamte Umgebung – und gaben gerade die Hoffnung auf, als ich über dichtem Laubwerk abseits der Straße einen Schornstein zu sehen meinte. Wir ließen das Auto stehen, weil keine sichtbare Einfahrt oder Zufahrt auszumachen war. Nach etlichen im Zickzack verlaufenen

Wegen und schließlich einem äußerst schmalen, schnekkenverschlierten Pfad zwischen mannshohen Ligusterhecken, unter denen Äpfel des Vorjahres schwarz und braun faulten, lag das Haus da wie eine tief über weiße Mauerreste gezogene, riesige Pelzmütze. Auf der Suche nach dem Eingang stießen wir auf ein kleines Fenster, zu dem wir uns hinabbeugen mußten, um durchsehen zu können. Zunächst sahen wir durch das Netz aus bleigefaßten, getönten Glasvierecken nur flockiges Dunkel, dann konnten wir allmählich die Umrisse eines niedrigen, schachtartigen Raumes erkennen, in dem Hunderte von Karteikästen aneinandergereiht und übereinandergestapelt waren. Sie ließen gerade so viel Platz, schien uns, daß ein nicht allzu hoch aufgeschossener Wissenschaftler sehr gebückt vor einem Holzgeviert sitzen und weitere Karteikästen befingern konnte. Ein halbgefüllter Kasten stand zu diesem Zweck schon bereit. Schließlich fanden wir auch noch den Eingang, etwas wie ein vor das Haus gebauter Holzverschlag, an dem sogar eine Klingel befestigt war.

Der weibliche Wissenschaftler ließ uns ein, der männliche war schon ein paar Tage vorher auf Forschungsreise gegangen. Sie meinte, sie brauche etwas Zeit, um mir alles Nötige zu erklären, später abends müsse sie dann zum Zug.

Der Rundgang im Haus begann bei der Tiefkühltruhe, auf die ich dann und wann ein Auge haben sollte, genauer, auf das grüne Licht am unteren Rand, das Kontrolllämpchen fürs richtige Funktionieren. Bei Rot sei umgehend der Elektriker im Dorf zu benachrichtigen; achtundvierzig komplette Mahlzeiten, vorgekocht und eingefroren für die äußerst arbeitsame Zeit nach der Forschungsreise, stünden auf dem Spiel. Mir wurde ausdrücklich gestattet, die ganz zuoberst liegenden zwei Packungen Königsberger Klopse im Verlauf meines

Aufenthaltes zu verbrauchen. Mit der Bitte um Verständnis wurde mir aber bedeutet, alles andere nicht anzurühren. Dabei durfte ich noch schnell einen Blick in das geöffnete eisige Massengrab werfen. Und tatsächlich füllten die in Plastik eingeschlossenen, frostigen Brokken, kantig oder rund, je nach Schnittfläche oder Körperteil, mit oder ohne Soßen, die Truhe bis obenan. Plattensammlung und Stereoanlage wurden mir gezeigt und detailliert erklärt, unterbrochen von beiläufigen Hinweisen auf die alle Wände – bis zur allerdings nicht sehr hohen Zimmerdecke – ausfüllenden Bücherregale: da die Literatur, hier Militaria, eine recht lückenlose Sammlung, Nachschlagewerke undsoweiter. Es ging über Holztreppen und durch Zimmertüren; an einer Stelle mußten wir im Steigen die Köpfe erheblich einziehen, andernfalls man direkt auf einen Querbalken geprallt wäre. Überall zweigten Gänge und weitere Treppchen und Stiegen ab, zusätzliche Türen tauchten auf, wurden aber nicht geöffnet. Da im Haus allgemein Halbdunkel herrschte, hatte ich das Gefühl, es sei unendlich groß, eigentlich gar kein Haus mehr, sondern eine Art Anlage mit allerhand Einrichtungen zu unerfindlichen Zwecken. Auch gab es, wie sich beim Rund-und-Auf-und-Abgang herausstellte, keineswegs nur einen Ein- bzw. Ausgang, sondern insgesamt drei, wovon die zwei vorher nicht geahnten an den merkwürdigsten Stellen auftauchten; einer zum Beispiel ging unmittelbar auf eine Mauer, eigentlich auf einen teilweise durch eine Mauer gestützten, recht steilen Hang. Die Tür war nur einen Spalt zu öffnen, so daß ein relativ schlanker Mensch gerade noch hindurchschlüpfen konnte. Feuchtes Moos begann schon auf der Türschwelle zu wachsen, und Schnecken klebten in den Mauerfugen. Selbst als ich den Kopf weit in den Nacken legte, sah ich nicht, wo der Hang wirklich endete. Hohes Gras, Büsche, einige Wik-

kenranken und schwammig überwucherte Baumstämme versperrten die Ferne.
Der dritte Eingang lag unmittelbar neben der ersten Tür, aber zurückgesetzt, eben in der Mauer, nicht im Holzverschlag. Das Strohdach war hier so tief heruntergezogen, daß man nur buckelnd hinein oder heraus konnte. Außerdem stellte die Benutzung dieser Tür große Anforderungen an die Augen. Hinaustretend hatte ich den unangenehmen Eindruck, von gleißender weißer Helle geradezu aufgelöst zu werden, eintretend hingegen war es mir, als würde ich in ein dunkles Loch tappen und womöglich endlos tief stürzen. Überhaupt war dies eines der wesentlichen Merkmale des Landhauses, das mich von Anfang an verstörte. Befand ich mich im Innern, sah die Außenwelt durch die wenigen niedrigen, fast auf dem Boden liegenden Fenster unerträglich hell und konturenlos aus, war ich draußen, konnte ich ohne ganz nahes Herantreten, Runterbeugen und Abschirmen der Augen nie mehr als zwei oder drei Zentimeter tief in die Räume sehen. Sie beharrten, gleich zu welcher Tageszeit und trotz unterschiedlicher Licht- und Wetterverhältnisse, auf dem diffusen Dunkel und spiegelten, von einem bestimmten Punkt aus gesehen, zu allem Überfluß auch noch die fast schwarzen Lebensbäume und andere Büsche wider, als wüchsen diese sehr wohl und selbstverständlich drinnen wie draußen.
Nach dem Rundgang und den unaufhörlichen, monotonen Erklärungen und Verweisen – dieses Schloß funktioniert nicht mehr, bitte den Lichtschalter da nicht benutzen (er war ohnehin mit Leukoplast überklebt), die Toilettenspülung nachts nur in dringenden Fällen betätigen, denn der Wasserspeicher rauscht noch mindestens eine Stunde später, Spinnen sind am besten mit dem Staubsauger zu beseitigen, das Beste ist, nur den Economy-Waschgang zu betätigen, für den Verschmutzungs-

grad unserer Wäsche (oder sagte sie: unseren Verschmutzungsgrad der Wäsche?) reicht das bei weitem aus undsoweiter undsoweiter – nach all dem bot sie uns Kaffee und Kuchen an. Ich hatte das Gefühl, an schweren Kreislaufstörungen zu leiden. Mein Blick ließ sich auf nichts mehr fixieren, und der Stuhl, auf dem ich gerade saß, hätte sich ebensogut in einer der dunklen Kajüten im Bauch eines alten Segelschiffes auf der Reise zwischen zwei äußerst unbekannten Orten befinden können.
Die Kaffeemaschine röchelte und schlürfte hektisch vor sich hin, aber der unregelmäßig tröpfelnde Zufluß in die Plastikkanne war von enervierender Langsamkeit. Als ich schließlich doch eine gefüllte Tasse an die Lippen führte, war ich ganz sicher, daß der maschinelle Vorgang des Kaffeebrühens mindestens am Tag zuvor stattgefunden haben müsse. Der selbstgebackene Apfelkuchen bewirkte immerhin, daß sich dann doch, trotz der unermüdlich fortgesetzten Anweisungen (mittlerweile ging es um die verschiedenen im Dorf erhältlichen Brotsorten), wieder ein vages Gefühl von Beständigkeit und Beimirsein einstellte. Fast begann ich schon, auf den nächsten Morgen neugierig zu werden.
Unterdes wartete ich die ganze Zeit darauf, daß der weibliche Wissenschaftler aufstehen werde mit der Bemerkung, es sei nun Zeit, die restlichen Dinge einzupacken und überhaupt sich reisefertig zu machen. Aber ich hatte ihre Sprechdringlichkeit unterschätzt. Immer und immer wieder kam sie auf das sich nähernde Problem eines in drei Jahren auslaufenden Forschungsauftrags und der zugleich damit endenden Finanzierung zurück sowie auf Beziehungsprobleme in bezug auf den männlichen Wissenschaftler. Ich sah das mir Erzählte alles ein; darauf reagieren aber konnte ich schon sehr bald nicht mehr, weil ich mich nicht wiederholen mochte und mir schlechterdings keine Variationsmöglichkeiten von

Ach so oder Natürlich und Klar mehr einfallen wollten. Aber auch das störte sie nicht, ja, sie bemerkte wohl gar nicht, daß meine Lippen geschlossen blieben und ich zuletzt auch keine anderen Töne, wie kehliges Brummen oder dergleichen, mehr abgab. Das ließ mich vermuten, daß der männliche und der weibliche Wissenschaftler möglicherweise nichtmal miteinander redeten, und daß alle Energie, Freude, Lust und ähnliches, aber auch alle Traurig- und Schwierigkeit in die schon beschriebenen Karteikästen ging, um von dort, gut geordnet und alphabetisiert, abschließender Verarbeitung zugeführt zu werden. Und richtig, das Projekt solle irgendwann in mehreren Bänden als Buch erscheinen, meinte sie. Von da an betrachtete ich die vielen Karteikästen immer, wenn ich das damit vollgestellte Zimmer betreten mußte, mit einer gewissen Zärtlichkeit und Scheu, manchmal aber auch mit Hohn und offener Verachtung. Einmal stakste eine ziemlich große Spinne schwankend und federnd über einen der zuoberst gestapelten Karteikästen. Seither habe ich die Tür zu dem Karteikastenzimmer verschlossen gelassen. Von Zeit zu Zeit lugte ich nur mal von außen durchs Fenster, warum, weiß ich selbst nicht genau.
Schließlich war es aber doch soweit. Wenn sie den Zug in der etliche Kilometer entfernten Stadt nicht versäumen wollte, mußte sie sich sputen. Bis ganz zum Schluß merkte man ihr an, daß sie ungern, fast widerstrebend diesen Ort verließ. Oder wollte sie von uns nicht fort?
Kaum war sie verschwunden, gingen wir zu Bett und liebten uns. Die Nacht verging, ohne daß ich noch weiteres vom Haus wahrnahm oder über es nachgedacht hätte. Frühmorgens mußte mein Geliebter zurück in die Stadt fahren, um rechtzeitig im Büro zu sein. Ich hörte das Gartentor noch deutlich klicken, den Motor schon sehr gedämpft und dann nichts mehr.

Nach zwei oder drei weiteren Stunden Schlaf stand ich auf, vollkommen entmutigt und verlassen, auch erschöpft. Zwar hatte ich das Gefühl, draußen sei es etwas heller als in dem Schlafzimmer mit der niedrigen Balkendecke. Aber hinter dem dichten Geranke an den kleinen Fenstern konnte die Luft nicht viel leichter sein als hier drinnen. Während ich fröstelnd den Morgenmantel anzog, der schon im Verlauf der wenigen Stunden die kühle Feuchtigkeit des Hauses angenommen hatte, sah ich durch eines der Fenster und entdeckte nichts als Baumstämme, Büsche und eine hochgewachsene Hecke auf der einen Seite und jenen steilen, mit dichten Grasbüscheln bewachsenen Hang auf der anderen Seite. Das Schlafzimmer lag im ersten Stock.

Ich ging die verwinkelten Holztreppen hinunter in die Küche, um mir einen Kaffee zu machen. Während die Kaffeemaschine arbeitete, sah ich, am Küchentisch sitzend, jetzt auf die andere Seite des Gartens. Eigentlich sah ich gar nicht richtig, sondern stierte nur wie ein seelischer Schwergewichtler nach unbestimmt vielen Niederlagen ins Grau der eigenen Betäubung, für das es ohnehin keine Wände oder gar Fenster gibt, denn Drinnen und Draußen ist ihm gleichviel und vollkommen bedeutungslos. So dauerte es auch eine geraume Weile – ich nehme an, ich hatte schon die zweite Tasse Kaffee fast leergetrunken –, ehe der Betäubungsdämmer sich allmählich zu lichten begann und ich den Garten plötzlich in all seinen sichtbaren Bestandteilen unüberwindlich vor mir hatte, wirklich wie ein Gebirge, mächtig, düster, verschieden bewachsen, den Blick verstellend. Ich war mir durchaus im klaren, daß es Leute gibt, die das romantisch gefunden hätten. Schließlich trat ich sogar vor die Tür, um mir das Ganze näher anzusehen. Aber nur aus Pflichtgefühl. Neugierig brauchte ich nicht mehr zu sein, denn ich wußte bereits alles; und zwar war dieses

Wissen, die Erkenntnis des Ortes, wohl zusammen mit dem Kaffee in mich eingesickert.
Immer noch im Morgenmantel – ich hatte keinerlei Verlangen, mich zu duschen und anzuziehen – begann ich einen Erkundungsgang und zählte dabei zunächst einmal die tiefen Stufen des schmalen Treppenweges, der vor der Tür anfing und sich in einer sanften Biegung mitten durchs Grundstück und unter hohen grünschwarzen Lebensbäumen entlangzog, die Ausfallerscheinungen zeigten und an einer Stelle einen Laubengang bildeten, durch den man nur gebückt hindurchgehen konnte. Dahinter lief er als ziemlich steil ansteigender Pfad ohne Stufen weiter und mündete in ein halboffenes Holztor, das in ein Dickicht aus Haselbüschen führte. Und dann gab es nur noch eine verlassene, grasüberwucherte Landstraße und die endlose Weite von Weiden und Hügeln.
Nahe dem Holztor, beiderseits des Pfades im hohen Gras, standen Magnolienbäume, auf deren lichtgrünem Laub noch vereinzelte, sehr blaß wirkende Tulpenblätter aushielten, Myrtensträucher, Fliederbüsche, die ihre Blütezeit auch schon hinter sich hatten, und mächtige, grell lila erblühte Rhododendroneinheiten. Bei jedem Schritt zertrat ich Schneckenhäuser. Das leichte, brüchige Knakken ging mir auf die Nerven, besonders weil ich annahm, es seien lebende Schnecken. Aber als ich genauer hinsah, bemerkte ich, daß es alles ausgebleichte und verlassene Behausungen waren.
Ich drehte wieder um; die Breite und Ausdehnung wollte ich schon nicht mehr genauer sehen. Das nasse Gras zu allen Seiten reichte mir. Hahnenfuß, Gänseblümchen und Wiesenschaumkraut sahen hervor, es duftete durchaus angenehm, ja betörend. Spitzwegerich, Männertreu – ich zählte die Dinge auf wie Indizienbeweise.
Da für drei volle Wochen nur jene zwei Mahlzeiten Königsberger Klopse in der Tiefkühltruhe für mich bereit-

lagen, die im Moment zudem alles andere als Appetit in mir weckten, und da außer zahlreichen Portionen Joghurt ohne Früchte auch im Kühlschrank nichts weiter war, entschloß ich mich, gleich heute im Dorf einzukaufen. Ich griff eine der sackartigen großen Einkaufstaschen, die im Dunkel der kleinen Diele an der Wand hingen, und schüttelte sie vorm Haus erst einmal kräftig aus, in Erwartung schreckhaft davonflitzender Spinnen oder torkelig aufflatternder mehliger Falter. Aber es gab kein sichtbares Lebewesen, das der Tasche zu entfliegen, entsteigen oder entkommen versucht hätte. Das enttäuschte und beruhigte mich zugleich. Ich nahm das Fahrrad und ging den Weg zurück, den wir am Tag zuvor gekommen waren. Bei den Ligusterhecken gab es eine Art natürliches Geviert, das überraschend heimelig und einladend auf mich wirkte. Es war ein luftiges, anscheinend ganz trockenes Gebilde aus einem großen, rundum gleichmäßig erblühten Rotdornbaum, einem ebenso gleichmäßig erblühten Weißdornbaum, einer mächtig ausladenden Esche, deren fiedrige Blätter sich gerade zu entfalten begannen, und einer schlanken Zypresse. Bis auf die Zypresse in einem kleinen ausgesparten Kreis unbewachsenen Bodens standen alle Stämme in hohem Gras. Ich war mir sicher, daß dies bei gutem Wetter mein Platz im Garten sein würde. Von dem Geviert aus konnte man auf die alten, schorfigen Apfelbäume vorm Haus blicken, und das Haus sah von hier aus auch fast wie etwas lange Gekanntes aus. Tatsächlich aber habe ich mich dann nie dahingesetzt.
Die Gartentür klickte hinter mir zu. Jetzt sah ich auch, daß einer der Wege hier direkt in einer weit offenstehenden Garage endete. An den Wänden war nur etwas Holz gestapelt, ein verrosteter Fahrradrahmen lehnte an dem nach innen geöffneten Tor, und eine Babywanne aus verblichenem Plastik, am Kopfteil eingebrochen, stand in

der hintersten Ecke. Von hier aus sah sie so winzig und unwirklich aus, daß ich lange nicht glauben mochte, sie könne tatsächlich mal warmes Wasser und einen kleinen lebendigen Körper enthalten haben.
Ich ging die Wege entlang, die durch einen Dschungel von Grün führten, der keinerlei Durchblick auf weitere Landschaftsmöglichkeiten gestattete. Es roch feucht, ich meinte, mein Atem gehe noch schwerer als sonst. Endlich war ich auf der Straße und schwang mich sofort aufs Fahrrad. Hinter einigen Wiesen sah ich rote Ziegeldächer und über ihnen, merkwürdig gleichmäßig verteilt und ausgestanzt, mehrere wie ewig ausharrenwollende Sommerwolken. Dreimal trat ich zuversichtlich in die Pedale, dann mußte ich auch schon vom Fahrrad steigen und den Rest des Weges ins Dorf zu Fuß gehen. So steil ging es die ganze Zeit bergauf. Erst jetzt wurde mir ganz klar, daß das Landhaus in einer uneinsehbaren Kuhle lag. Und ich dachte darüber nach, was die Erbauer einstmals bewogen haben konnte, just dahin diese Behausung zu stellen. Ungesund kam mir das Ganze zumindest vor, und ich sah keinen Grund, warum es Jahrhunderte vorher gesünder gewesen sein könnte. Im Gegenteil.
Als ich den kleinen Supermarkt verließ, wurde mir, schon wegen des Gewichts der Einkaufstasche und der zwei zusätzlichen Plastiktüten, bewußt, daß ich mich mit einem Konservenvorrat für Wochen eingedeckt hatte. Als würde ich während des ganzen Aufenthaltes nie wieder Gelegenheit zum Einkaufen bekommen. Dabei war es nicht etwa so, daß ich mich danach sehnte, so schnell wie möglich in das Haus zurückzukehren und dort möglichst lange ohne Unterbrechung oder Störung zu bleiben. Unverzüglich, geradezu als sei ich in Eile, befestigte ich die Taschen auf und an dem Fahrrad und fuhr los. Ohne ein einziges Mal treten zu müssen, wäre ich innerhalb weniger Minuten in atemberaubender Beschleuni-

gung bis zu den Zickzackwegen gekommen, hätte ich nicht noch bei dem kleinen Laden, der das gute selbstgebackene Brot haben sollte, auf halbem Wege haltgemacht. Der Mann hinterm Tresen sah mich gespannt abwartend an, und als ich den Namen der Brotsorte sagte, den mir der weibliche Wissenschaftler am Abend zuvor genannt hatte, entspannte sich sein Gesicht und nahm gleichgültige Züge an. Routiniert griff er ins Regal hinter sich, packte einen Laib Brot in Papier und reichte ihn mir, ohne mich noch einmal anzusehen. Hier ging es nicht um Aussehen oder Ansehen, hier zählte nur, ob man das Codewort wußte. Wer das kannte, kannte natürlich auch den Preis. Ich wurde verlegen und tat vorsichtshalber zwei Münzen auf die Plastikschale. Der Mann blickte erstaunt auf und gab mir die eine Münze zurück. Er fragte, ob ich aus dieser Gegend sei. Ja, antwortete ich, beeilte mich aber hinzuzufügen: allerdings nur vorübergehend. Und auf eine weitere einkreisende Frage erzählte ich ihm, ich habe das strohgedeckte alte Landhaus zu hüten, er wisse schon, das da in der Kuhle. In der Kuhle? Er kenne kein altes Landhaus in einer Kuhle. Doch, da unten, das wahrscheinlich älteste Haus in der Gegend, das man von der Straße aus nicht sehen könne. Er habe in dieser Gegend bisher noch alles von der Straße aus sehen können, insbesondere existierende Bauwerke. Ich ahnte, daß die Aussage keine Widerrede dulde, verabschiedete mich und verließ den Laden mit dem guten Brot. Über diesen einen Verrückten würde ich mich nicht aufregen. Aber etwas trieb mich doch zur hundert Meter weiter gelegenen kleinen Post, wo ich mich fragen hörte: Sagen Sie, bringen Sie oder derjenige, der hier die Post austrägt, auch täglich die Post in das Landhaus da unten? Ich meine, wenn täglich welche kommt.

In welches Landhaus?

Das da unten, in der Kuhle.
Der Beamte wußte nicht, wovon ich sprach. Ich hatte mittlerweile das Gefühl, entschieden zu weit gegangen zu sein. Daher verlangte ich schnell noch ein paar Briefmarken und bemühte mich danach, so natürlich wie möglich das Gebäude zu verlassen.
Am nächsten Morgen bin ich dann um sieben davon aufgewacht, daß die Klappe des Briefschlitzes schlug und mehreres Leichtgewichtiges zu Boden fiel; außerdem meinte ich zu hören, daß eine männliche Stimme unwillig vor sich hin murmelte, Schritte allerdings konnte ich nicht ausmachen, obwohl ich die am ehesten erwartet hatte. Als ich mit klopfendem Herzen nachsah, lagen an der Tür drei Briefe, zwei an die beiden Wissenschaftler, einer an mich. Na also.
Nach dem Einkaufen verstaute ich erst einmal alles in der Küche und verbrachte dann, nach einer kurzen, geschmacklosen Mahlzeit, den Nachmittag mit dem Versuch, mich zumindest an das Innere des Hauses zu gewöhnen. Am merkwürdigsten dabei war, daß ich mich für nichts interessierte. Die Tausende von Büchern würdigte ich keines Blickes; sie waren Wand. Bei den Schallplatten sah ich einmal etwas genauer hin und entdeckte dabei, daß etliche noch die Schutzfolien mit geschlossener Schweißnaht um sich hatten. Außerdem waren die Werke aller nur erdenklichen Komponisten, schien mir, wirklich derart lückenlos vertreten, daß mir bereits das Herausnehmen und Anhören beider Seiten einer einzigen Platte, was ja – alles in allem – ungefähr eine Dreiviertelstunde dauern würde, als aussichtsloses Unterfangen vorkam. Das war nie zu schaffen. Dennoch hörte ich mir gegen Abend ein Streichquartett an. Die Töne kamen aber so disparat bei meinen Ohren an, daß ich mehrmals überlegte, ob die Platte beschädigt sein könne. Sie klangen, als müßten sie sich erst von unterhalb des Fußbo-

dens durch unregelmäßig gewobene Teppiche hindurchquälen; an einigen Stellen ging es etwas leichter, an anderen gelang es überhaupt nicht. Ich unterbrach das Spiel im zweiten Satz.

Nur ein einziges Mal noch bin ich später an die Plattenregale gegangen, nämlich als die Dinge schon ziemlich fortgeschritten waren und ich mich blitzhaft der vierzigstimmigen Motette eines Komponisten aus dem 16. Jahrhundert erinnerte, die immer eine fabelhafte, ja erlösende Wirkung auf mich ausgeübt hatte. Erst öffnete sie einem eine Kammer, dann einen Raum, der zu einem weiteren größeren Raum führte, und so immer weiter, bis man halb träumend, halb wach wahrnahm, daß man mittlerweile durch alle Räume und Mauern und Dächer hindurchgeschleust war und fortgetragen von einer einzigen großen einsammelnden und aufhebenden Bewegung, einer Luftwoge, die einen schließlich mitnahm ins Offene und einen dort ruhig und gleichmäßig beatmete. Im Alphabet stand genau diese Platte nicht. Um ganz sicher zu gehen und weil es dringend war, sah ich unter allen Buchstaben nach, ob die Platte vielleicht falsch eingeordnet war, was mich immerhin eine geraume Weile beschäftigt hielt, aber ergebnislos blieb.

Das Klingeln des Telefons überraschte mich. Mir kam das unpassend vor, eine Verbindung, die doch gar nicht existierte. Es war mein Geliebter. Er vermisse mich, sehne sich schon jetzt nach dem nächsten Wochenende, an dem er mich wieder besuchen wolle. Auch das kam mir unpassend vor. Wie wenn ein ehemaliger Liebhaber zwanzig Jahre nach dem letzten Rendezvous anruft und unmittelbar an die letzte, also zwanzig Jahre zurückliegende Liebesnacht anknüpft. Aber ich ließ mir nichts anmerken. Danach ging ich in das kleine Zimmer mit dem Farbfernseher. Nach dem Vorangegangenen fesselten mich Werbung und Abendnachrichten derart, daß ich mich fragte, warum ich mir das nicht immer schon und regelmäßig angesehen hatte. Das Haus, der Garten und die weitere Umgebung, es versank um mich her, ja, ich hatte es vollkommen vergessen. Das strahlende Lächeln der Hausfrauen, ihre Anschmiegsamkeit mit frisch gewaschenem Haar, dann der unaufgeklärte Mord an einem kleinen Mädchen irgendwo im Norden des Landes, ein wieder einmal aufgetauchtes Leck in einem Atomreaktor, die bevorstehende Stationierung neumodischer amerikanischer Raketen auf einheimischem Boden, das alles faszinierte mich gleichermaßen und gab mir nun augenblicklich das Gefühl zurück, dazuzugehören, hier und jetzt. Am gelungensten aber fand ich die Nachricht über das neue, gerade vom Stapel laufende – allerdings konventionelle – Kriegsschiff, das bisher teuerste seiner Art, dem die Königinmutter angestrengt hinterherrief: May God protect her. Ein intensives Gefühl von Lebensfreude blitzte in mir auf. Beim Wetterbericht indes setzte sich das Wissen wieder durch. Mir war gleich klar, daß die Vorhersage – sonnig und warm – auf keinen Fall für diesen Ort zutreffen würde. Ich schaltete ab.

Draußen war es mittlerweile so dämmrig geworden, wie es fast den ganzen Tag über drinnen gewesen war. Von diesem Fenster im ersten Stock konnte ich wieder auf den Treppenpfad und die Lebensbäume sehen und sogar noch das offenstehende Holztor am Ende erkennen. Bleich und entgeistert lag alles da, bekannt und unbekannt zugleich, wie eine Uhr ohne Zeiger oder ein vertrautes Gesicht, in dem plötzlich Mund oder Nase fehlen. Ich drehte mich um, da sah mich das Innere des Zimmers genauso bleich und entgeistert an. Okay-okay. Was fehlte, war nur das elektrische Licht. Es war mittlerweile kurz vor zehn, vereinzelt sangen noch Vögel. Sie sangen eigentlich gar nicht, vielmehr war es, als suchten sie sich an das tagsüber Gesungene zu erinnern, kämen dabei aber nicht über ermattete Versuche hinaus. Und auch die wurden immer weniger, zerstreuter, tonloser.

Ich ging in das Schlafzimmer, um dort aus den Fenstern zu sehen. Dann nach unten. Es war natürlich überall das Gleiche. Jede Facette des gerade noch Sichtbaren war jeweils ein Korn der wie in einem Treibsandstrudel versickernden Zeitmasse. Time is running out. Ich ging von einem Fenster zum anderen und starrte angestrengt hinaus, bis ich das gesamte Grundstück ringsum abgesteckt hatte. Aber je angestrengter ich blickte, desto weniger war zu sehen. Bis ich merkte, daß ich schon eine geraume Weile nur noch schwarz Geronnenes vor Augen hatte. Das Licht. Ich mußte es unbedingt sofort und überall anschalten. Wenn jetzt auf dem Gelände ein Einbrecher war – der mußte sich doch absolut sicher fühlen und sich schon bis an die Fenster und Mauern herangepirscht haben, ganz und gar unbehelligt. Ja, vielleicht waren, während ich hinausgestarrt hatte, unsere Blicke einander schon begegnet, ohne daß ich es wußte. Ich schaltete diverse Lampen ein, in der Küche, in der Diele, im Zimmer mit den Platten und Büchern, und auch eine in dem Raum, wo der Farbfernseher stand. Da aber, in der plötzlichen Helligkeit, überfiel mich Panik. Das war ja wahnsinnig. Jetzt konnte er ja erst recht sehen, daß ich ganz allein im Haus war – keines der Fenster hatte Gardinen oder Rollos oder Jalousien –, und außerdem schon die lohnenden Objekte in aller Ruhe von draußen auswählen. Mein Herz schlug entschieden zu laut, mein Atem wurde so flach, daß er unmöglich auch noch meine Extremitäten versorgen konnte. Ich kam auf die Idee, mich für die Nacht zu verbarrikadieren.

Erst einmal begann ich damit, nachzuprüfen, ob auch alle Fenster richtig verschlossen waren, nur um zu entdecken, daß ein leichter Druck von außen reichen würde, um die meisten mühelos zu öffnen, denn die Fensterrahmen waren so verzogen, daß die Verschlußriegel nicht mehr in die dafür vorgesehenen Halterungen paßten. Ich wagte auch nicht, viel herumzuprobieren, ob vielleicht bei leichter Gewalt das eine oder andere Fenster doch noch zurechtrückbar gewesen wäre. Denn das hätte den Einbrecher ja erst auf diese Möglichkeit des mühelosen Eindringens aufmerksam gemacht, falls er es nicht ohnehin schon längst wußte. Gut, da war also nichts zu machen, damit mußte ich mich abfinden, wenn ich auch noch nicht wußte, wie. Gerade wollte ich ins Schlafzimmer hinaufgehen, um die Lage dort zu erkunden, da klingelte das Telefon. Es war eine Freundin. Ich versuchte, besonders laut zu sprechen, damit ich auch ganz sicher von außen gehört werden konnte. Zugleich bemühte ich mich, das Gespräch, das heißt das, was ich sagte, immer so klingen zu lassen, als würde die Person am anderen Ende noch am selben Abend, wenn auch möglicherweise sehr spät, herkommen.

Ja, ich habe schon alles vorbereitet. Nein. Aber wenn du vielleicht an die Blumen denken könntest. Auch achtete ich darauf, nicht etwa durch eine unvorsichtige Bemerkung zu verraten, daß ich mit einer Frau sprach. Dann ging ich in die Diele, wo an der Garderobe ein Jackett des männlichen Wissenschaftlers hing. Gerade wollte ich es nehmen und neben den Eingang vor das eine Fenster hängen, sozusagen zum sichtbaren Auslüften, als mir einfiel, daß das jetzt inszeniert aussehen würde. Also schob ich es für den nächsten Morgen auf, wo meine Handlungen im Innern des Hauses ja nicht so mühelos beobachtet werden konnten.

Im Schlafzimmer waren glücklicherweise alle Fenster verschließbar. Ich nahm einige Bettlaken und verhängte die Scheiben. Immer in dem Bewußtsein, jeder meiner Handgriffe und jede meiner Bewegungen würden von

draußen exakt registriert und einkalkuliert. Dann sah ich an der Tür nach, ob es einen Schlüssel gab. Aber es gab weder Schloß noch Schlüssel, wohl jedoch einen Eisenriegel mit Hebelgriff, der, wenn man die Tür von innen anlehnte, sich in eine kleine passende Rillenschiene am Türrahmen legen ließ. So war die Tür wenigstens zu, aber natürlich nicht verschlossen. Ich wußte genau, daß das nicht ausreichte, um einen zumindest kurzen Nachtschlaf herbeizuführen. Was konnte ich tun. Etwa den Kleiderschrank nachts vor die Tür rücken? Da konnte ich gleich den Einbrecher zur Mithilfe einladen.
Ich war nicht fähig, einen ruhigen Gedanken zu fassen. Mein Kopf war überhitzt wie nach zu langem Sonnenbad. Gedanken und Empfindungen, die sonst ordentlich nacheinander aufzutauchen pflegten, ballten sich alle auf einmal zusammen und stiegen sprudelnd und kochend bis unmittelbar unter die Schädeldecke, wo sie heillos durcheinanderwaberten und den dringenden Wunsch in mir aufkommen ließen, diese doch eigentlich dünne Decke möge abnehmbar und das Schädelinnere lüftbar sein.
Wozu war dieses kleine Loch in dem Türriegel? Ich sah bei den anderen Türen nach, die alle den gleichen leicht veredelten Plumpskloverschluß hatten. Jedoch an einigen hing ein kleiner Eisenstab an einem Kettchen herab. Ich fand heraus, daß man das Stäbchen in das Loch schieben konnte, und die jeweilige Tür ging nicht mehr so ganz gewaltlos zu öffnen. Aus unerfindlichen Gründen hatten einige Türen dieses Kettchen draußen, andere drinnen, was jeweils bedeutete, daß man sie entweder nur von außen oder eben nur von innen verschließen konnte. Die Schlafzimmertür hatte aber weder draußen noch drinnen ein Kettchen. In der Küche fand ich in einer Schublade Werkzeug. Mit einer Zange bog ich das Kettchen an der Küchentür auf und befestigte es dann innen an der Schlafzimmertür. Das entspannte mich zu-

sehends und führte auch zu leichter Abkühlung meines Kopfes. Ja, nachdem ich mich schon mal probeweise kurz eingeschlossen hatte, war ich geradezu zuversichtlich und heiter und überlegte, was ich bis zum Schlafengehen machen könne.
Selbstbewußt ging ich in die Küche und kochte mir erstmal einen Tee. Alle Bewegungen und Griffe gelangen mir völlig normal, routiniert und sicher. Ich wußte genau, wie der Wasserkessel zu bedienen war, wo der Tee und die Tassen standen, geschäftig öffnete ich den Kühlschrank und nahm die Milch heraus, während das Wasser im Kessel schon zu sieden begann. Ein lückenloser, geradezu eleganter Ablauf. Zum Schluß tat ich alles auf ein Tablett, machte das Licht hinter mir aus und ging wieder nach oben, in das Fernsehzimmer. Dort setzte ich mich an den kleinen Schreibtisch unterm Fenster. Am besten gar nicht mehr raussehen. Kein normalerweise hier wohnender Mensch würde nachts aus dem Fenster sehen, nur um nichts zu sehen. Ich schlug eines der mitgebrachten Bücher auf, schließlich hatte ich auch etwas zu tun. Ich las und las und las, immer wieder unterbrochen von einem Schluck Tee, drei- oder viermal dieselbe Passage. Aber das, was man als Konzentration zu bezeichnen pflegt, saß nicht mit mir am Tisch, es hielt sich beständig in dem unergründlichen Dunkel vor dem Fenster auf. Daraufhin hängte ich auch dieses Fenster mit einem Bettlaken zu. Aber selbst danach noch dauerte es ein Weilchen, ehe ich ungestört ein paar Sätze hintereinander lesen und verstehen konnte. Es war auch immer noch eine Ritze zwischen Scheibe und Bettlaken geblieben, und erst nachdem ich das Laken zurechtgezupft hatte, so daß nun auch dieser Schlitz, bis dahin immer noch Fluchtmöglichkeit für meine Konzentration, verdeckt war, konnte ich bis zum Müdewerden die Zeit vergessen und lesen. Weit nach Mitternacht ging ich

nochmal zur Toilette, wo ich auch erst einmal die Fenster zuhängte.
Die beiden Wissenschaftler lebten merkwürdig. Nichtmal auf dem Klo schien ihnen der Gedanke zu kommen, daß es auch noch eine Außenwelt gab. Andererseits, setzte ich mich gleich wieder selbst zurecht, warum sollten sie die Toilette uneinsehbar machen, wenn alles andere einsehbar war und sie ohnehin nicht auf die Idee kamen, irgendetwas zu verbergen. Das mußte Selbstsicherheit sein, echte wissenschaftliche Autonomie. Ohne Seitenblick arbeiten, leben und auf die Toilette gehen.
Dann schaltete ich überall das Licht aus, zum Schluß die Lampe in der Diele, nicht ohne vorher noch den Weg über die Treppen bis zur Schlafzimmertür angepeilt zu haben. Die Dunkelheit tat sich sogleich – besonders hinter mir – als bodenloser Sack auf, der beutelnd und schlingernd nur darauf lauerte, mich zu überstülpen und so endgültig außer Fassung und zu Fall zu bringen. Betont ruhig ging ich die Treppen hinauf, obwohl ich die Gier, loszustürmen und die Schlafzimmertür heftig erleichtert hinter mir zuzuknallen, kaum bändigen konnte. Möglichst unauffällig und leise verstöpselte ich die Tür; der Schalter war hier zum Glück gleich links an der Wand. Und schon wurde mir fast gleichgültig, was passierte. Und wenn am nächsten Morgen das Haus leergeräumt wäre.
Etwa eine halbe Stunde las ich noch und machte dann auch dieses letzte Licht aus. Ich war nun wirklich müde, hatte ich doch während der Lektüre zu meiner eigenen Erleichterung schon mehrmals gegähnt. So kuschelte ich mich in die Decke und hielt mich bereit für den Schlaf. Der aber kam nicht. Stattdessen türmte die undurchdringliche Dunkelheit sich allgewaltig um mich herum und über mir auf. Und meine Ohren verließen mich schon bei dem leisesten Knacken und versuchten verzwei-

felt aufmerksam, Stollen und Gänge durch die Schwärze zu bohren, um zu den Geräuschquellen zu gelangen. Das Herz bekam jedesmal einen Klopfanfall. Mir fiel ein, daß man sich heutzutage ja kaum noch die Mühe machte, umständlich etwas zu stehlen. Man schlug doch meistens gleich zu, um von vornherein unliebsame Störungen zu vermeiden. Wirklich, wer's ernst meinte, würde leichtes Spiel mit der verstöpselten Tür oder diesen lächerlichen Fenstern haben.

In unendlicher Höhe brummte gleichmäßig und verhalten ein Flugzeug. Das rückte zumindest die Raumverhältnisse wieder etwas zurecht. Dann, fast todesmutig, schaltete ich das Licht an und begann wieder zu lesen. Irgendwie mußte ich eben über die Dunkelheit, die schwärzesten Stunden kommen. Das hatte jetzt vor allem anderen Priorität. Die Morgendämmerung würde doch um diese Zeit im Jahr sehr bald einsetzen. Einmal, aber das lag schon mehrere Jahre zurück, hatte es nach einer durchfeierten Nacht um drei Uhr morgens zu dämmern begonnen, ja, die erste Ahnung von Morgen war als Streifen bereits um halb drei am Horizont aufgetaucht.

Nach einer Weile schaltete ich das Licht wieder aus. Und allmählich senkte sich schwere Trägheit über mich und ließ selbst Mord und Totschlag als etwas gänzlich Irrelevantes erscheinen. Gegen diese Trägheit konnte kein Feind ankommen. So schlief ich ein. Nur um irgendwann aufzuschrecken, als habe jemand mit einem Ruck alle Hüllen von mir gerissen. Und hell war es immer noch nicht. Wie lange sollte das bloß noch dauern.

Hier genau blieb die Zeit stehen, rastete ein in dieser Frage und hielt alles an, auch mich. Dann mußte sie einen Sprung gemacht, gleichsam sich selbst übersprungen haben. Denn aus einem absoluten, echolosen, schwarzen

Nichts, das aber als solches schon gar nicht mehr recht gedacht werden konnte, wollte sich etwas lösen. Buchtete zaghaft aus, trennte sich schließlich ab und trat wachsam verhalten hervor. Es war ein schmaler, senkrechter Schlitz, ein Spalt. Diesen Spalt sah ich ganz deutlich durch meine geschlossenen Lider, er bestand aus einem einzigen, zarten, fast scheuen Ton, durch den der Tag offenbar in die Nacht einzudringen versuchte. Viertel vor vier. Schon das Stehenbleiben der Zeit war ein gutes Zeichen gewesen, dies aber war mehr. Nämlich eine Art sich bewegende Erlösung. Zugleich aber wußte ich, als ich sie zuerst wahrnahm, nicht mehr, wovon sie denn eigentlich erlöst hatte. Natürlich war es mir auch vollkommen gleichgültig. Der Spalt wurde breiter, jetzt schon ein Keil. Der Ton fächerte sich auf, ging allmählich über in kräftigere, selbstbewußte, melodiöse Stimmen. Die Stimmen griffen über, trafen auf andere, neue. Zusammen begannen sie, Konturen zu zeichnen. So konnte ich schon die Vierecke der Fensterscheiben hinter den Laken sehen, ganze Stimmgruppen malten jetzt Baumkronen und Mischlaub aus, und als sie zum Schluß auch noch den Wind losgebunden hatten, der nun von Baumkrone zu Baumkrone fächelte, sachte und unaufgeregt, da lag der Tag als vollkommen entfalteter Schirm ausgebreitet ums Haus. Ich schlief ein und spürte das bis lange in den Schlaf hinein. Ein Kuckuck rief allerdings nicht.

Später am Tag, als ich arbeitete und Haus und Garten bereits wie etwas Normales behandelte, das heißt einfach ignorierte, verstand ich mein Verhalten am Abend und in der Nacht nicht mehr. Ich war ja wohl nicht ganz richtig gewesen. Nun aber wußte ich, wie hier die Zeit verging. Abend, Nacht und Morgen hatte ich erlebt, der Tag war nicht der Rede wert. Also konnte ich die diesem Ort eigene Normalität hinnehmen und mich fortan wieder aufs Leben im allgemeinen konzentrieren. Ich fühlte mich entspannt, tat dies und das, wurde einmal sogar übermütig und rief meinen Geliebten im Büro an. Aus sicherer Entfernung fragte ich ihn, ob er nicht Lust habe, herzukommen. Abends sah ich mir wieder Werbung, Nachrichten und Wetterbericht an. Kaum aber hatte ich den Fernseher abgeschaltet, ging der Terror aufs neue los. Ich probierte alle mir bekannten Tricks aus, um mich selber zur Vernunft zu bringen, unter anderem Entspannungsübungen, Singen, Beten, Essen. Nichts nützte.

Um Mitternacht war mein Wahrnehmungssystem schon völlig zerrüttet. Ich wunderte mich, daß ich noch keinen Herzanfall bekommen hatte, und war mir sicher, daß ich diese Nacht nicht überleben konnte, oder wenn, dann nur als körperlicher und geistiger Krüppel. Denn was da passierte, ging ja ununterbrochen zu weit. Meine Aufmerksamkeit war in Hunderte fusseliger Fäden zerrupft, die in alle Richtungen zu streben versuchten. Aus den unterschiedlichsten Ecken und Winkeln in Haus und Garten sandten sie mir Impulse. Und die verhedderten und verstrickten sich heillos in meinen Gehirnwindungen. Dagegen nahm ich eine Valium, die überhaupt nichts bewirkte, ging zu Bett und wartete unter den mir nun schon bekannten Qualen wieder das Hellwerden ab, um danach in einen dumpfen Schlaf zu fallen.

Ich wachte vom Schrillen des Telefons auf. Es war neun Uhr. Ein Mann fragte, ob ich tagsüber zu Hause sei, er habe das bestellte Regal zu liefern. Auf mein erstauntes Nachfragen erklärte er, es sei die Sonderanfertigung für die Karteikästen. Trotz meiner Schlaftrunkenheit war ich augenblicklich in Alarmstimmung versetzt. Jemand wußte alles über meine Situation. Andererseits, hatte der weibliche Wissenschaftler nicht noch ganz zum Schluß etwas von einem Regal erwähnt? Je länger wir am Telefon verhandelten, desto klarer wurde mir, daß ich nur noch Falsches oder zumindest Verdachterregendes sagen konnte. Das hatte ich mit meiner allerersten Reaktion, die nackte Ratlosigkeit und Verwirrung gewesen war, bereits einprogrammiert. Ich hatte mehrmals nach dem Namen der Firma gefragt und wer denn dieses Regal überhaupt bestellt habe, und ebnete genau damit den Weg, den ich doch verstellen und verbarrikadieren wollte. Der Mann hatte jetzt gleich mehrere nützliche Informationen erhalten: ich war verwirrt, kannte mich nicht aus, war also fremd und auch noch allein im Haus, denn eine andere anwesende Person hätte ich ja mit Sicherheit gefragt, ob sie etwas von der Angelegenheit wisse. In einem zweiten Gedankenstrang, der parallel zu dem der Verwirrung und Verunsicherung lief, nahm so etwas wie Gewißheit Gestalt an: entweder es würde geschehen oder nicht, jedenfalls beides ganz ohne mein Zutun, auch ohne meine Verantwortlichkeit. Ob ich dachte oder nicht, mich fürchtete oder nicht, durchdrehte oder nicht. Dann konnte ich auch erstmal frühstücken.

Der Mann hatte die Lieferung für mittags angesagt. Als er kam, fragte ich ihn sofort, ob er denn mühelos hergefunden habe. Ja, kein Problem, meinte er. Ich bot ihm, nachdem er das Regal abgestellt hatte, einen Kaffee an, und während die Kaffeemaschine lief, erzählte er mir von seinen Kindern, die alle hinten im Lieferwagen säßen, weil sie den kleinen Ausflug nicht hätten missen wollen. Ich fühlte mich bemüßigt, auch die noch hereinzubitten. Es waren vier kleine Mädchen, die sich stumm um den Tisch setzten und artig alles verdrückten, was ich ihnen an Eß- und Trinkbarem anbot. Ich hörte mich selbst indessen laufend von meinem Mann erzählen – da hing auch das Jackett zum Lüften, ich sah beiläufig hin – und um welche Zeit er abends meist nach Hause komme. Schon wieder ein Fehler, denn nun konnte er annehmen, tagsüber, genau bis Feierabend, leichtes Spiel zu haben, während ich in meiner Verwirrung nur an die Gefahren der drohenden Nacht gedacht hatte; andererseits war doch die Tatsache, daß er seine Kinder mitgebracht hatte, falls nicht gerade das zur Tarnung dienen sollte, deutlicher Beweis für seine liebenswürdige Harmlosigkeit. Schließlich war ich wieder allein und versuchte mich zu ordnen.

Abends und nachts spielte sich dann alles so ab, wie ich es nun schon gewohnt war. Und allmählich begann der Terror mit dem morgendlichen Hellwerden auch auf den Tag überzugreifen. Ich machte selbstverständlich so weiter wie bisher, als hafte den Kleinigkeiten, den alltäglichen Abläufen, den Winzighandlungen eine stoische Unbeirrbarkeit an, auf der sie desto mehr beharrten, je terroristischer und zerstörerischer alles Übrige wurde.

Der Terror lag ja begründet in der Dunkelheit, seine Ausweitung aber in der Tatsache, daß ich mir nichts vormachen konnte und daß mir auch nichts vorgemacht wurde. Ich konnte nämlich kein Auge mehr zudrücken. Dabei war es nicht etwa so, daß ich krank gewesen wäre oder auch nur geschwächt. Im Gegenteil, meine Reaktionen – und die bestanden natürlich samt und sonders aus Gedanken und Empfindungen, die alle durch ein bemerkenswert enges Nadelöhr im Kopf mußten – waren unermüdlich. Was sonst hätte ich denn auch tun können? Es gab ja keine Möglichkeit, mich einfach irgendwie und irgendwo nützlich zu machen. Ich konnte nicht so tun, als hätte es Sinn, zum Beispiel den Rasen zu mähen oder etwas für mich allein zu kochen. Wenn ich Hunger hatte, dachte ich ans Essen, aber doch nicht ans Kochen. Mit anderen Worten, ich hatte keine Manieren mehr. Tatsächlich schminkte ich mich nicht mehr, meine Haare hatte ich nicht gewaschen, jeden Tag zog ich dieselben Kleidungsstücke an. Nur ganz selten noch sah ich in den Spiegel, und wenn, dann äußerst uninteressiert, wie beiläufig auf ein vorübergehendes Wesen. Es gab derart viel wahrzunehmen, ich war völlig damit ausgelastet und kam so schon kaum nach.

Irgendwann mußte ich mir Milch besorgen, denn ich ernährte mich nun hauptsächlich von Flüssigem, Kaffee mit Milch und Tee mit Milch. Auf dem Weg, der zur Straße führte, wartete ein großer herrenloser Hund. Sein Fell war wie ein abgeerntetes Kornfeld. Er blickte mir aufmerksam entgegen, solange, bis ich neben ihm stand. Sein Rücken reichte mir bis zur Hüfte. Na, Hund? Zusammen bogen wir in die Straße ein, und ohne ein einziges Mal zu mir aufzusehen oder sich umzublicken und ohne daß er von meiner Seite gewichen wäre, begleitete er mich bis zu dem Milchladen im Dorf – ich war diesmal ohne Fahrrad – und auch wieder zurück. Am Weg blieb er stehen. Als ich mich vor der ersten Biegung noch einmal umdrehte, stand er immer noch da und sah mir unverwandt nach.

Auch hatte ich schon festgestellt, daß jeden Nachmittag zwischen vier und fünf, während ich also meistens in der Küche Kaffee trank, eine Elster auf einem kleinen Stück Wiese seitlich vom Haus landete, mehrere aufgeregte Schritte nach den verschiedensten Richtungen machte, wobei sie den Boden genau zu inspizieren schien, und dann wieder abflog. Eine schwarze und eine weiße Katze fanden sich ebenfalls täglich ein, vorausgesetzt, es regnete nicht. Die schwarze kam über den kleinen Pfad, immer vormittags, lief ganz nah an der Hausmauer entlang, blieb vor dem einen niedrigen Fenster stehen, sah einige Sekunden hindurch, mir oft direkt in die Augen, ging sodann den Treppenpfad hinauf bis zu den Lebensbäumen, wo sie sich ausstreckte und etwa bis zur Mit-

tagszeit blieb, und nahm dann denselben Weg zurück, allerdings ohne noch einmal durchs Fenster zu sehen. Die weiße kam nie bis unmittelbar ans Haus. Aber wenn ich aufstand und die Fenster freimachte, saß sie in dem einen kahlgebliebenen niedrigen Busch und blickte forschend herüber zu mir, als habe sie das Zusammenfalten der Laken zu überwachen. Wenn ich dann etwas später noch einmal nachsah, war sie nicht mehr da.
Ich hatte ausgerechnet, daß die Vögel höchstens sechs Stunden schliefen. Bis etwa zehn Uhr abends tönten sie, und zwischen halb vier und vier ging's schon wieder los. Je genauer ich ihnen zuhörte, desto weniger verstand ich, worauf es ihnen ankam. Obwohl ich inzwischen so vertraut mit ihnen war, daß ich bereits nach den ersten Tönen morgens, durch die Art, wie diese herausgebracht wurden, in welcher Abfolge, mit welchen Variationen und ähnlichem, wußte, ob es regnen werde, ob ein verhangener oder sonniger Tag im Anmarsch sei.

Als ich diesmal aus schütterem Schlaf aufwachte, schien die Sonne, und ich ging, kaum daß ich mich angekleidet hatte, in den Garten. Dort geschah nämlich etwas. Ich stellte mich ganz dicht an die behaarten Stämme und Blätter und sah auf die eine pralle, stachlige Kugel herab. Sie verharrte in gelassener Unbeweglichkeit und zeigte genau in der Mitte eine dünne Linie grellsten Rots, das unruhig gegen das mehlig stumpfe Grün anglänzte. Die Kugel schien sich zu dehnen, aus etwas, vielleicht aus sich selber, herauszuwollen. Das Grün gab zuerst Raum, schob sich jetzt voneinander fort, klappte schließlich auseinander und offenbarte, was es wirklich war: zwei gleichgroße Kapselhälften, die das Innere, eine Fülle seidigen Rots, zusammengehalten, gebändigt und möglicherweise beschützt hatten. Dieses begann sich zu regen, entfaltete sich zusehends, war über und über nervös verknittert und wirkte dadurch aufgeschreckt und verschlafen zugleich. Ein kleiner Wimpel schob sich über den einen Kapselrand; es herrschte ziemliches Durcheinander, von koordiniertem Ablauf konnte keine Rede sein. Bis zum Eintritt des Augenblicks, wo das hauchdünne Rot in vier gleich großen und gleichmäßig aufgerichteten Einzelteilen und als Fächer geformt um ein pudrig violettes Zentrum aus dicken Samtfäden stand; ja, stand, wie von einem unsichtbaren Korsett gehalten, denn eigentlich hätte es schon durch mein bloßes Hinsehen oder durch meinen angehaltenen Atem zusammenknicken müssen. Dann, als hätten die Einzelteile sogar ein Rückgrat, neigten sie sich etwas zurück, so daß ein schöner, gleichmäßig geformter, weitoffener Kelch entstand, der aber schon fürs Halten von Luft und Licht zu dünnhäutig erschien. Die Kapselhälften hielten noch irgendwo fest, waren jedoch bereits vollkommen überflüssig und standen beiderseits, ein bißchen lächerlich fast, vom seidigen Kelch ab. Zwei hohle Bäuchlein, für die es nichts mehr zu fassen gab. Zum Schluß hingen sie unterhalb des Rots wie ein Paar vergessener Ohrklappen neben einem Sommerkleid herab.

Wieder im Haus, bemerkte ich noch lange, daß über meinen Augen ein spinnwebfeiner, schillernd roter Stoff lag, mit Hunderten winziger Preßfalten, die ich immer wieder glattzustreichen versuchte. Auch waren die Vögel heute so laut, als säßen sie in meinen Gehirngängen statt in den Bäumen und pfiffen mir von dort eins. Selbst im Haus war es warm, jedenfalls wärmer als sonst, fast schwül. Mehrmals, da ich den Wunsch hatte, mich von Schwerem, das auf mir lastete, zu befreien, öffnete ich den obersten Blusenknopf, nur um ihn jedesmal gleich wieder zu schließen, weil mir auch das Ausziehen schon zu mühsam erschien. Ich ging in die obere Etage; bei jeder Treppenstufe, die ich zu nehmen hatte, spürte ich die fünfundfünfzig Kilo Knochen, Weichteile und Flüssiges, vor allem in den Waden, und fand, es war zu viel. So schleppte ich mich zum Bett, auf das ich mich, vollbekleidet und beschuht, legte. Ich strengte mich an, das Gepfeif und Trillern der Vögel zu überhören. Irgendwo hatte ich mal gelesen, daß man durch Selbsthypnose einen Zustand vollkommener Ruhe erreichen könne. Ich stellte mir diesen Zustand als einen vor, in dem alles, was hier gerade vorkam, eben nicht mehr vorkommen würde; die Vögel wären nicht mehr, nicht die Wärme und diese Knitterfalten über meinen Augen, auch nicht Kleider und Schuhe, und die Schwergewichtigkeit des Körpers gäbe es nicht. Mich insgesamt nicht mehr. Ich gab mir wirklich große Mühe.

An einer Stelle merkte ich, daß der Vogellärm tatsächlich zurücktrat und schwächer wurde, aber nur, weil er durch einen anderen, seinerseits allmählich anschwellenden Lärm übertönt wurde. Das war Maschinenlärm, klar und eindeutig zum Schluß. Ein ganz rhythmisches, zum Teil dumpfschweres, zum Teil stählern hartes Klingen. Wäre es mir nicht zu altmodisch vorgekommen, hätte ich auch an das gleichmäßige Hämmern eines Schmiedes gedacht. Aber das hier war ohnehin mehr. Es waren viele verschiedene Tätigkeiten, gebündelt und geballt in Lärmzentren, die in einer Art Halle zusammengefaßt und untergebracht waren. Es herrschte Zwang. Ich mußte dem nachgehen. Ja, das war's: eine Fabrik, die Tag und Nacht in Betrieb war. Ihre Maschinen gingen nicht abzustellen. Der Grund, auf dem sie standen, war ausgetreten und abgetragen, ziemlich uneben. Es gab kein unbetretenes Fleckchen mehr. Arbeiter in dieser Fabrik war ich. Alle Maschinen hatte ich gleichzeitig zu bedienen. Das Produzierte war monströs, weil es sich zu nichts in Beziehung setzen ließ. Es war weder tierisch noch pflanzlich noch menschlich, aber es war auch kein

Objekt. Stellenweise meinte ich unterscheiden zu können zwischen Denk- und Wahrnehmungsüberschuß. Aber auch das schien meistens nicht sinnvoll, denn wie hätte ich diesen Unterschied definieren sollen. Abgesehen davon, blieb mir für so etwas auch gar keine Zeit. Ich war viel zu beschäftigt mit der Überschußproduktion an sich. Es ging unter anderem darum, den Überschuß immer gleich beiseite zu schaffen. Denn hatte ich den einen gerade aus dem Weg geräumt, war der nächste schon da. Manchmal kam ich nicht nach und verhedderte mich. Das geschah an schlechten Tagen mindestens einmal stündlich. Im Grunde war ich dann nur etwas aus dem Gleichgewicht geraten; die Routine hatte einen kleinen Satz gemacht, und der Überschuß versuchte nun lediglich, auf sich aufmerksam zu machen. Und doch hatte das jedesmal sozusagen globale Auswirkungen. Es entstand so etwas wie ein Angelpunkt, in dem die Welt gräßlich schlingerte und knirschte. Und jedesmal war ich dann auch überzeugt, daß es mit atemloser Geschwindigkeit auf irgendwas zugehe und daß kein Sinn und kein Verstand mehr ausreiche und je wieder ausreichen werde, um diesen Überschuß zu bändigen oder wenigstens zuzudecken oder am besten gleich zu ersäufen. Ich erinnerte mich in genau diesen atemlosen Augenblicken dann oft, daß Frauen Kinder kriegten, heirateten, daß Leute sich Wohnungen und Häuser einrichteten, Autos kauften, daß sie stunden-, tage-, wochenlang über Ehe und Liebesangelegenheiten sprachen. Und manchmal brachte mich das auch wieder zur Vernunft. So schlimm konnte es also nicht sein.

Etwas schlug jetzt irritierend mechanisch auf mich ein. Aber nicht schwer und dumpf, sondern hell und schrill. Ein Fink. In mir stieg der Verdacht auf, er werde nicht eher nachgeben und verstummen, als bis ich tot wäre. Deshalb sammelte ich alle meine noch irgendwo vorhandene Kraft ein und versuchte, mit ihrer Hilfe aufzustehen. Dann begann ich, nach der bereits erwähnten Schallplatte zu suchen, die sich, wie gesagt, nicht einfand.

Das Dreinschlagen des Finken folgte mir überallhin nach. Mehrmals drehte ich mich um, weil ich annahm, er sei schon unmittelbar hinter mir. Ich war in einem merkwürdigen Zustand. Einerseits war ich auf alles – und das konnte nichts Gutes sein – gefaßt; andererseits hatte ich nur den einen Wunsch, daß es schon vorbei sein möge. Ich streifte an den Wänden entlang, wie um einen geeigneten, möglicherweise irgendwo verborgenen Fluchtweg für den Ernstfall zu ertasten und als wären die drei existierenden Türen nicht da. Dabei ließ ich auch die Bücherregale nicht aus. Ein fünfbändiges Werk, eingeordnet in die Sektion Militaria, zog wegen des Titels ›How to Kill‹ meine Aufmerksamkeit auf sich, und zwar nur, weil ich ganz sicher war, den Titel schon einmal irgendwo gelesen und dabei zwanghaft fortsetzend gedacht zu haben: myself. Ich zog Band I hervor und schlug das Titelblatt auf. Da lag ein kleiner Kassenbon mit dem Aufdruck: Survival Store, Los Angeles.

Der Fink gab etwas nach; die Schlagabfolgen wurden kürzer, und die Schläge selbst verloren an Schärfe. Schließlich hörte er sich wie ein mechanisches Spielzeug an, dessen Aufziehfeder ausgeleiert war. Überhaupt diese Stille, die matt und schwer die immer länger werdenden Pausen ausfüllte und allmählich wie Gas durch ein Ventil einzuströmen schien.

Ich lag jetzt ausgestreckt auf dem Teppich. Es war ziemlich hart, und ich spürte hier und da meine Knochen, als ragten sie kreuz und quer in die Weichteile. Das zu ändern war ich allerdings nicht in der Lage. Einmal dachte ich, es sei vielleicht besser, mich auf die Seite zu legen. Aber schon der Ablauf des Gedankens wurde etwa in

der Mitte von dem Wissen absoluter Unmöglichkeit übermannt und niedergerungen. Von da an ließ ich alles sein. Ich war der Magnet für die Gewichte der Umgebung, wobei ich offenbar eine besonders ausgeprägte Anziehungskraft für die tonnenschwere Luft hatte. Die mir dadurch aufgezwungene Trägheit der Gefühle und die Bewegungsunfähigkeit meines Körpers waren aber nach einer bestimmten Weile durchaus nicht mehr nur unangenehm. Und zwar weil eine gewisse Aussicht, irgendwann endlich den Geist ganz aufgeben zu können, spürbar wurde, vor allem an Füßen und Händen. Das Ganze würde über mich hinwegrollen. Das war's, klar und deutlich jetzt, wo ich's einmal wußte. Irgendwo wurden bereits Kräfte zusammengezogen. Der Boden übertrug das Vibrieren und das dumpfe, weit entfernte Stampfen und Grollen, als bewegten sich Panzerfahrzeuge und schwere Acker- und Feldmaschinen über die Landstraßen. Einmal klang es schrill auf, als schleife jemand einen Strang mittelgroßer Glocken über Kopfsteinpflaster, während die Vögel nur noch so in der Luft herumhäkelten, lustlos und beziehungslos. Der Fink war sogar ganz still. Ob es ihn erwischt hatte?
Von Zeit konnte auch schon lange keine Rede mehr sein. Dann hätte ich ja zum Beispiel denken können, morgen ist wieder ein Tag; da mache ich mal das und das. Es hätte alles sein können: Abend, Morgen, Nacht, Mittag, neun oder fünf. Und das war es auch alles. Um das sehen zu können, brauchte ich meine Augen schon gar nicht mehr aufzumachen. Hinter und vor den Lidern war es ein und dasselbe. Überhaupt war es angenehm, bequem geradezu, daß ich mittlerweile eine Art Verhältnis geworden war, ich meine, eine Partikel, eine Funktion dessen, was war. Anders gesagt, ich brauchte meine einzelnen Sinne nicht mehr. Auch war es eine ungeheure Erleichterung, nichts mehr tun, sich nicht einmal mehr

bewegen zu müssen. Küche, Toilette, Schlafzimmer – brauchte ich alle nicht mehr für die Zwecke, für die sie gebaut und eingerichtet waren. Und natürlich war ich zugleich überall anwesend, also auch in ihnen, und sie in mir.
In derselben Lage wie ich war offenbar auch das Licht. Es zeigte keine Unterschiede mehr an. Es war dunkel, hell, dämmrig und alles zugleich. Vibrieren und Grollen zogen sich zusammen, vermischten sich zu einer unauflöslichen Einheit und Endlosigkeit. Die Vogelstimmen häkelten weiter so vor sich hin und hier und da in den Gesamtzusammenhang hinein. Wenn überhaupt noch etwas störte, dann sie. Überflüssiges Kleinzeug. Die Fenster – immer alle auf einmal – entränderten sich wiederholt und waberten dann irrlichternd und käsigbleich ein Stück in die Räume hinein und wieder hinaus, eine wolkig unstete, völlig verhuschte Substanz.
Ein Lärmen hatte sich indes verdichtet und war nun voll im Gange als Getöse und Gedröhn, das nur noch sprengte und splitterte und zerschnitt. Begleitet von grellstem Zucken und Schlagen und Ausleuchten. Es war schließlich total, rollte auch einfach über alles hinweg, einschließlich sich selber.

Ich spürte die fundamentale Veränderung zuerst durch die Tatsache, daß die Massen des rundum geschlossenen Wasservorhangs gleichmäßig rauschten, und zwar aufeinander zu. Genauer gesagt: der Regen floß von oben herab und von unten herauf. In der Mitte begegnete er sich. Das führte zu einem unnachahmlichen Geräusch der Abgeschlossenheit und des ausbalancierten Stillstandes. Dann bemerkte ich, daß die Grasbüschel von oben und unten aufeinander zuwuchsen mit der eindeutigen Tendenz, sich zu vereinigen. Es entstand dadurch ein haarigwäßriges Schlingern und Wehen wie in Wassertierbäu-

chen. Die Vögel fiepsten, gluckten und schnalzten aus allen Richtungen: oben, unten, links, rechts, vorn und hinten. Sie vermittelten am deutlichsten, was geschehen war, malten es in allen Einzelteilen aus. Sie befanden sich in einem geschlossenen System, in dem nichts mehr zu machen war. Ihr System hieß Käfig oder Voliere; der Regen befand sich in einem Aquarium, die Pflanzen im Herbarium; für mich, die Schnecken und die Katzen war es ein Terrarium, auch Vivarium genannt. Mond und Sonne waren fern, drangen nicht durch. Oder wenigstens kam uns allen das so vor. Genauso wahrscheinlich ist, daß sie gar nicht mehr existierten. Das würde auch die Licht- und Luftlosigkeit erklären.
Ich schlief ein und träumte von Aus- und Zugängen, Rückwegen, Bahnhöfen.
Es klickte. Tritte umschritten mich. Ein Mann beugte sich runter, ich hatte den Eindruck, mich ihm entgegenzuwölben, obwohl nichts geschah. Seine Stimme sagte: Das ist ja wahnsinnig. Komm sofort hier raus. – Ich höre mich noch fragen: Wohin denn.

Herz und Mund

In Schöneberg und Tiergarten liege ich begraben. Mein Herz im zweiten Hinterhof, gebrochen und von meinen eigenen Augen an der Birke und der Platane aufgeknüpft und gehängt. Es kamen keine Geier, auch keine anderen Vögel. Nur Regen und Niesel wochen- und monatelang, und Langeweile und Überdruß. Die alle halfen, das Ding schließlich zu zersetzen. Obwohl Spuren wie von einem nassen Waschlappen selbst dann noch zu sehen waren, als ich am letzten Tag herzlos und endgültig verschwand. Nur die Bitternis, anstelle des Herzens, wollte sich nicht so ohne weiteres auflösen. Ziehen, reißen, zerren, graben, hacken, spalten, zerfetzen – dann Drainage. Die Bitternis würde nun als zähdicke Flüssigkeit, Seelenblut, über die gelegten Kanäle abfließen. In Wirklichkeit war es natürlich so, daß ich mit ihr ins Bett ging. Da geschah Folgendes: sie drückte irgendwie von unterhalb meines Grundwasserspiegels – das muß etwas unterhalb des Magens sein –, drückte alles hoch, bis zu den Augen und Schläfen. Zwischen Kehle und Augenhintergrund eingesperrter heißer Schleimbrei. Immer wieder Schluckversuche, aber er läßt sich nicht einmal häppchenweise wegschlucken, gegen den Druck. Und für Tränen ist er zu dick.

Das fehlende Herz ist kein geräumiger Friedhof, macht nicht genug Platz für die Bitternis. Klopfet an, so wird euch aufgetan. Das, was drinnen ist, klopft und klopft, an die Herzwand, Herzkammerwände. Aber es geht nicht auf, ich kann es nicht auftun. So wird euch aufgetan. Durch Sprengung oder Brechung. Was drinnen ist, schlägt und schlägt und jagt in der Kammer umher, geht die Wände hoch. Tidomm – tidomm. Aussteigen, aussprengen, ausschleudern. Mein Friedhof des Herzens ist eine geschlossene Institution. Die Schläge und alle anderen Regungen und Bewegungen bleiben eingekerkert.

Beim Aufwachen ist mein erster Gedanke, wo ist das alles geblieben. Die Bitternis, die Schläge, der heiße Schleimbrei. Es klopft nicht mehr, der Grundwasserspiegel hat sich wieder gesenkt, aufs übliche Niveau, ich fühle mich sogar relativ ausgeschlafen. Eine ununterbrochene Truppenbewegung muß stattgefunden haben. Dann hat es sie in alle Körperrichtungen verschlagen. Absorbiert in unwegsamem Gelände. Keine Würmer im Fleisch, vielleicht nicht einmal ein Krebs, aber was. Irgendwas. Schleichwege unmittelbar unter der Hautoberfläche, geheime Pfade, sumpfig, ausgetreten. Huckel, Queren und Umwege. Alle sind durchgekommen, einzeln oder zu zweit und dritt. Haben sich durchgeschlagen, sich zerstreut. Mein ehemaliges Herz ist wieder ein geräumiger Friedhof. Bis zur nächsten Attacke.

Mein Gesicht verlor ich in der Durchfahrt des ersten Hinterhofs. Nein, nicht mein Gesicht, sondern Gesichtsteile. Meine Fresse samt einem Stück Zunge. Und Zahn um Zahn. Die Augen blieben, wegen der Kontrolle, wegen des Weiterfunktionierens, vielleicht gar aus Liebe zu mir.

Gleich wache ich auf. Blick auf die sich vom Gesicht wegbewegende Hand, die nicht über weichfeste Formen und Flächen hinweggeglitten ist, sondern in etwas nur noch weich Matschiges gegriffen hat, völlig überrascht. Warm Schleimiges und Glitschiges, auch Mengen von Speichel, der irgendwo dickflüssig herauskam. Und in ein Kreuz- und Quergerage innerhalb dieser Masse aus Vergänglichem und Kadaver: Zähne, Knochen,

Splitter. Pfahl/Pfählchen im Fleisch. Abbildung der Wasserleiche Rosa Luxemburgs. Ein kleiner verrotteter und verrottender Zahnstumpf-Zaun, Tor zum verwilderten Kadavergarten. Der Schädel eine einzige wulstige Weichteilmasse.
Blick auf die geöffnete und ausgestreckte Hand. Hohlhand. Alles wird wieder gut. Sagt ein Satz hinter meiner Stirn irgendwo. Fetisch der Stunde, vielmehr des Augenblicks. In die hohle Hand. Die Linien des Lebens sind verschieden. Verschleimte Spuren: roséfarbenes Blut oder blutiges Wasser, zu Gelee geworden bei der Berührung mit Luft. Die Finger spreizen sich leicht, zwischen ihnen Schleimfäden.
Vergewaltigung des Kopfes. Mittels eines Eisenrohrs. Rotweiß angestrichen. Weiß wie Schnee. Rot wie Blut. Beides leicht angefressen und durchsetzt von Rost. Und das Ende ein schwarzes Loch, Eingang des Rohrs, nach innen sich wölbend, gezackt und gezahnt, widerhakiger, rostiger Eingeweidekranz. Rostschuppen und -brösel vermischen sich mit meinem Kopfinhalt. Eindringen und gewalttätige Ejakulation haben zu vermehrter Schleimabsonderung geführt. Die Teile und Teilchen können nicht ausgespuckt werden, sie haben sich unablösbar vermischt mit dem bindenden Element, dem Schleim.
Der Mund ist nicht mehr zu schließen. Lippen, Muskeln, Gelenke und Glieder – alles eins, unidentifizierbar, anonym geworden.

Der Pfleger schob mich in den Fahrstuhl, ich konnte nicht sprechen und nichts erfahren, Flure und Gänge, Schwingtüren, von denen ich jedesmal erwartete, sie würden mir endlich den letzten Stoß versetzen, eine Sekunde Unaufmerksamkeit und ich wäre zertrümmert und hätte Ruhe und brauchte nicht so entsetzlich hier

herumgeschoben zu werden. Und warum sieht das keiner, warum hat keiner Erbarmen, warum machen alle so weiter, als sei dies hier ein freundliches, gemeinnütziges Unternehmen, in dem man sich gar nicht schlecht fühlen oder gar sterben kann. Kaffeepausen, undringliche Geschäftigkeit. Leiden gibt es gar nicht. Nur ich. Und die Schwingtüren erschlagen und zertrümmern nicht, sie schließen sich jedesmal hinter oder vor uns mit einem plötzlichen abbremsenden Zischen und Schleifen. Stehen still, unerwartet geradezu nach der weitausholenden vielversprechenden Bewegung des Öffnens, die gewaltsam in sich selbst abgestoppt wird. Ein Erzittern und Vibrieren des Materials, sonst nichts. Wo bleibt die Energie, die nie verloren geht. Spannungsfelder, die sich zusammenballen, auf den richtigen Moment des Entladens warten. Und die elektronisch gesteuerten Türen gehen immer in dem Augenblick auseinander, wo ich den Knall des Zusammenstoßes von Rollstuhlpedal und Glas, das Knirschen und Knacken meiner Zehen- und Fußgelenke schon höre und meine Reflexe schon gearbeitet haben.
Der Pfleger ruft Kollegen etwas zu, Witzeleien hier und dort, über meinen Kopf hinweg. Ich kann nicht mitreden, nicht einmal eine Miene verziehen. Denn Mienen und Gesicht gibt es nicht mehr, nur einen unförmigen, blaurot verfärbten Klumpen, bandagiert vom Kinn bis zur Schädeldecke. Eingehüllt und grenzenlos entblößt zugleich. Zwei maskaraverschmierte Wülste um Augenschlitze und die unwegsame Gegend, die vorher Mund gewesen war. Give sorrow words.
Ich konnte nicht sagen, wie ich litt. Man hatte mich – ich war entmündigt. Ich litt also nicht. Ich, das war der Klumpen im Rollstuhl. Zusammengepappt und gehalten von Bandagen und dünnen Stoffhüllen.
Eine darüber gebreitete Decke, zwei steile Armlehnen,

Schachtwände für den Klumpen, damit er nicht rausfällt, eine ebenso steile Rückenlehne. Und der Kopfklumpen lehnt und hängt auf dem Körperklumpen, seitlich, bitte nicht bewegen, bitte nicht berühren. Rückgrat und Nackenwirbel lästige, überflüssige Materialteile in der Masse. Keine Kopfstütze. Den Kopf von hinten halten. Es ginge nicht. Es ginge nichts. Er kann sich nicht bewegen, der Hals sich nicht strecken und zurücklehnen. Es würde mich zerreißen. Eine von der Kopfstütze übertragene leise Erschütterung. Bitte nicht bitte nicht. Der Klumpen heißt Schmerz, Unerträglichkeit. Die anderen scheinen zu denken, man könne das lebend aushalten, es gebe auch eine Zukunft für Klumpen.
Warum muß er mich so schnell durch die Gänge schieben, warum gibt es so viele Unebenheiten auf modernen Krankenhausfluren. Bitte nicht. Mein Gehirn produziert wiederkehrend diese zwei Worte, die nicht gesagt, geschrien, gebrüllt, geflüstert oder gesprochen werden können. Bitte nicht. Nicht bitte. Keine Energie geht verloren. Mein Gehirn schreit, brüllt, flüstert, spricht in seine Windungen hinein. Beschwört, wehrt ab, wimmert und schluchzt. Gehirnmund. Ich höre dich. Ich und ich, wir hören uns. Obwohl wir viel zu fertig sind füreinander. Wir gehen an unseren Innenwänden hoch, fallen erschöpft immer wieder runter, wir sind miteinander eingesperrt. Der ehemalige Mund ist ja eine zugestopfte Fleischteilhöhle mit daruntergemengten brockigen Ersatzteilen: Plastik, Fäden, Drähte, Eisen und Stahl. Es gibt keine Öffnung für uns. Es sei denn, wir fänden den Weg durch die labyrinthischen Darmwindungen. Und die Zeit, wo Augen sprechen konnten, ist auch lange vorbei. Sie sind fast zugeschwollen, sehen immer noch viel zu viel, werden aber nicht gesehen. Sie, Pfleger, Herr . . ., gehen Sie doch ein bißchen langsamer, können Sie den Rollstuhl nicht ein bißchen weniger ruckartig anschieben.

Aber Material ist stumm. Wo kämen wir hin, wenn wir auch noch aufs Material hören würden.
Röntgenabteilung, Wartehalle. Ein leises Klicken, der Rollstuhl steht fest.
Bißchen Geduld, Sie kommen bald dran.
Ein bißchen, bald, lieber Gott, erlöse mich von bißchen und bald und allem.
Ich hol Sie dann wieder rauf auf die Station.
Dann. Oh Zeit und Ewigkeit. Auf den Bänken sitzen Leute, einige in Bademänteln oder Morgenmänteln, nackte Füße in Hausschuhen und Pantoffeln. Keiner scheint mich Rollstuhlklumpen wahrzunehmen. Pfleger, Sie haben mich ganz einfach allein gelassen. Niemand bemerkt mich und meine Körpervorgänge. Sie haben mich überantwortet. Ist von meinen Haaren was zu sehen, irgendwelche Strähnen, die unter den Bandagen hervorkommen? Ich kann nicht einmal die Hand heben, um nachzutasten. Mein rotes Haar, das mich verrät. Wenn zwei oder drei von ihnen kommen – einer reicht ja schon für einen Klumpen –, um mich endgültig zu beseitigen. Es kommen und gehen so viele Leute. Killer betreten Krankenhäuser doch nicht nur in Krimis. Nicht, bitte. Für den, der ein Anliegen hat, wird alles so einfach. Er erfährt und erreicht genau das, was er will. Mich.

Chemische Reaktion

Ich hatte den Wahnsinn den ganzen Tag lang kommen sehen. Wie eine Armee im Anmarsch, nein, nicht auf mich, sondern auf all die Orte, an denen ich mich abends und am nächsten Tag aufhalten oder die ich passieren würde.

Die Armee war angekommen und ging zur Attacke über, genau in dem Moment, als wir uns im Restaurant an den Tisch setzten. Dabei mußte ich die ganze Zeit so tun, als sei sie gar nicht da, mußte also insgeheim zurückschlagen, mich wehren, ausweichen, mich verbergen, ducken. Das schien zu glücken. Mein Tischpartner merkte nichts. Er aß mit unverhohlenem Appetit seine drei Gänge, trank Aperitif und Wein lässig weg und nahm zum Schluß mit beneidenswerter Ruhe den Kaffee zu sich.

Ich weiß nicht, was die verheerendsten Auswirkungen auf mich hatte. Der Mann, der die elektrische Orgel mit seinen Händen besprang, dabei das Gesicht verzerrte wie im Krampf und mit spastisch verdrehtem Hals Beatlesfetzen und anderes aus sich herauspreßte und mir zu allem Überfluß auch noch wiederholt in die Augen zu sehen versuchte. Der trockene Sherry, der nach jedem, auch nach dem vorsichtigsten und kleinsten Schluck, auf den Boden hinter der Drosselgrube zu fallen schien und absolut nicht durchgelassen werden sollte, so daß ich sekundenlang jeweils das Gefühl hatte, der Kehldeckel sei eine festaufsitzende, undurchlässige Betonscheibe, genau eingepaßt in die Halsröhre. Oder der Wein, sanft, schwer und rot, der wiederum, ganz im Gegenteil, nur so durch mich hindurchrann und sich dann, übergangslos, in den Raum und die Luft um mich herum begab, wo er alles mit wattiger Schwere sättigte; ganz besonders übrigens war davon die Luft um die Extremitäten und den Kopf betroffen. Ich fühlte, wie alles geduldig und immer aufs neue verschluckt wurde, Töne, Wörter, Gesten, Bewegungen, dann auch Farben und Formen. Dabei mußte ich dauernd gegen mich selber anschlucken, weil sich sonst sofort die Gefahr einstellte, daß ich mit einem dumpfen Haps verschwände. Vielleicht waren es auch bloß die beiden Leberfladen, die ich nur zu einem Drittel der Gesamtmenge durch meine Kehle zu pressen schaffte. Ohne die Gewürze hätte ich nicht einmal das gekonnt. Wobei ich zugeben muß, daß ich die Stücke fast unzerkaut hinunterschluckte, weil ich einfach keine Energie und auch keine Geduld mehr für umständliches Zerkleinern und Herumwälzen in der Mundhöhle hatte. Meine Kaumuskeln waren wohl erschlafft.

Eine letzte Möglichkeit, ich meine, ein letzter möglicher Grund, war noch das Paar am Nebentisch, das mir aber, trotz vieler gegen sie sprechender Anzeichen, nicht eigentlich unsympathisch war. Die beiden kamen ins Restaurant, als wir schon ein Weilchen dagesessen hatten. Ich merkte auf, weil ich plötzlich, aus dem Augenwinkel, dachte: blind, wie ein Blinder. Und als ich aufblickte, bemerkte ich, daß die junge Frau mit ihren erst verwehten und dann im Windstoß elegant erstarrten Haaren den Mann, der etwa mein Alter haben mußte, zurückhaltend und fast unmerklich am Arm steuerte. Sein rechtes Augenlid flatterte ununterbrochen über einem im Nichts schwimmenden, haltlosen Augapfel, während das andere Auge scheinbar vernünftig, aber sehr starr, immer geradeaus sah, als wolle es genau und einzig dahin, geradeaus. Bis deutlich wurde, daß er, wohin er sich auch wendete oder durch seine Begleiterin gewendet wurde, stets, über die Dinge weg, bis ans jeweilige Ende sah, geradehin, in Augenhöhe. Wie sie dann am Nebentisch saßen und unverkennbar begütert, vorsichtig und traurig miteinander sprachen und von ihren Tellern langsam aßen, da hätte – wie gesagt – auch das der Grund sein können. Aber hier wird mir auf einmal klar, daß alle bisher vermuteten Gründe keine Gründe waren, sondern daß es ja – wie konnte ich das so lange übersehen – die Mischung aus Worten, Eßgeräuschen und Gesten und der Oberkörperhaltung meines Tischpartners war. Ja.

Diese Mischung war, genau besehen, natürlich und unverdaulich. Ein Zusammenballen und Geklumpe von unzersetzbaren Ingredienzien. Ich versuchte dennoch, weiterhin gutwillig, die Teile einzeln wahrzunehmen und jeweils für sich zu respektieren, also zu verhindern, daß sie permanent neue monströse Verbindungen eingingen. Denn das war meine einzige Chance, oder wäre meine einzige Chance gewesen, wie ich jetzt weiß. Ich erinnere mich noch ganz deutlich, daß ich jeweils momentelang versuchte, mich auf einen Teil fest zu konzentrieren, einmal zum Beispiel auf das seifige Gewicht des schweren Oberkörpers im dunkelblauen Lambswoolpullover. Das prägte sich mir auch prompt unauslöschlich ein. Nur hatten andere Teile indessen eilig und hinterrücks eine dieser Monstrositäten gebildet und waren damit ununterscheidbar geworden, eine beigebraune Masse, von der nichts Gutes zu erwarten war, zumindest würde sie mir nicht den Gefallen tun, sich ohne mein äußerst intensives und anstrengendes Zutun wieder aufzulösen.

Das Schlimmste trat ein, kurz bevor wir gingen, als ich mich noch schnell auf die Worte zu konzentrieren versuchte, woraufhin der Oberkörper meines Tischpartners sich blitzschnell mit anderem, eigentlich allem, was in diesem Restaurant überhaupt vorhanden war, zu einer gigantischen Einheit verband. Die Wirkung war so gewaltig, daß ich auf eine in dem Augenblick an mich gerichtete Frage, aus welchem Grundelement die Welt denn eigentlich bestehe, ohne Zögern geantwortet hätte: Na, aus diesem.

Von dem Schlag sollte ich mich lange nicht erholen. Im Grunde hatte ich – wenn ich ehrlich sein will – schon verloren.

Das ganze Ausmaß traf mich aber erst am nächsten Tag. Mittlerweile wurde ich in einem luxuriösen Citroën durch die maiengrünen Villenvororte der Stadt nach Hause gefahren. Es schien nicht dunkel werden zu wollen. Die Farben gaben nicht nach. Das Rot der Kastanienblüten, ebenso das Weiß, aber auch die unzähligen Schattierungen des Grüns, das sich über die Straßen wölbte, waren so gut wie unverändert. Vor dem Haus, im Wagen mit laufendem Motor, als ich mit letzter Kraft den Versuch einer normalen Verabschiedung machte, indem ich mich an die Gesten und Worte vom letzten Mal und an frühere Verabschiedungsmuster genau zu erinnern suchte, schob sich plötzlich eine feste, wie mit kühlem Öl eingeriebene Zunge durch meine leicht geöffneten, wahrscheinlich lächelnden Lippen in den Mund wie in einen dunklen Tunnel, um sich dort, schwerfällig und galant zugleich, herumzuwälzen und zu aalen. Ich hatte das dringende Verlangen, den Kehldeckel zu schließen, undurchlässig zu werden für bestimmte Dinge. Was passierte, war schon mehr als genug. Ich entzog mich, wer weiß mit welchem Gesichtsausdruck, und öffnete die Wagentür schon mal ein wenig. Ich hatte vor, beim Aussteigen noch etwas Abschließendes zu sagen. Da hörte ich, wie die feste ölige Zunge, halb übertönt von einem gerade vorbeifahrenden Auto, sich in einem dikken Satz wohlgefällig breitmachte, ja geradezu ein Bad in ihm nahm: I want to make love. Ich ging trotzdem ins Haus, nachdem ich mich noch einmal kurz, bedauernd freundlich, nehme ich an, umgedreht hatte.

Die Nacht verging traumlos, und ich wachte ungewöhnlich früh mit überwältigender Übelkeit auf.
Ich begab mich an die Arbeit des Tages, was mir bewies, daß ich entschlossen war, weiterzumachen. Als ich zur Bushaltestelle ging, war ich noch durchaus zielbewußt. In meinem Gehirn waren einigermaßen klar und folgerichtig die verschiedenen Dinge, die ich zu besorgen hatte, hintereinander aufgereiht. Der erste kleinere Teil des Vertrauens in die Selbstverständlichkeit des Tages und der Dinge entglitt mir, als nach einer Dreiviertelstunde der Bus noch immer nicht gekommen war. Ich stand mit vielen Leuten auf dem Trottoir – Junge, Alte, Schwarze, Weiße, Kinder, Frauen und Männer – und wurde von der Gewißheit, daß ich mir einfach nicht mehr gefalle, übermannt. Es kann schon sein, daß das mit dem Licht zusammenhing, das trotz der dunklen Wolken grell war. Und auch mit der Temperatur, die mich immerzu vergessen ließ, ob es nun warm oder kalt war. Die Gewißheit, mir nicht mehr zu gefallen, war nicht etwa ein außergewöhnliches Vorkommnis, nur traf sie mich an dem Tag in erheblich geschwächtem Zustand an. Ja, um die Wahrheit zu sagen, die ich mir selber aber immer noch nicht ganz eingestand: ich war schon vollkommen kampfunfähig.
Dann kam der Bus und schaffte uns Wartende erst einmal von dem Terrain um die Haltestelle fort. Die Fahrt bis zu der Stelle, wo ich in einen zweiten Bus umsteigen mußte, verlief einigermaßen normal. Ich sah aus dem Fenster und beobachtete das vorübergleitende Treiben, das zu etwa neunzig Prozent aus Einkaufen bestand. Ich sah Leute mit Plastiktüten aus Läden kommen (etwa

dreißig Prozent), Leute, die ohne Tüten oder nur leicht bepackt Läden betraten (auch etwa dreißig Prozent), und die restlichen dreißig Prozent waren Leute, die ich durch die Scheiben beim Griff in die Regale oder ins Portemonnaie an der Kasse sehen konnte. Zehn Prozent müssen Kinder und auf die eine oder andere Weise untätige Jugendliche gewesen sein. Aber das erinnere ich nicht so genau, was auf vorübergehende wohltuende Normalität und Gleichgültigkeit schließen läßt.
Ich mußte die Straße überqueren, um mich an die andere Haltestelle zu begeben. Nach zehn Minuten etwa merkte ich, wo ich stand. Nämlich, zusammen mit äußerst fremden Menschen, auf einer Winziginsel, die von allen Seiten her bespült, beleckt, umbrandet und umtost wurde. Die kleinste Bewegung, und ich wäre fortgerissen und mir selbst entwunden worden. Trotzdem darf hier keinesfalls der Eindruck entstehen, die Situation sei dramatisch gewesen. Wenn überhaupt, so hatte das, was man Drama nennt, ja schon lange zuvor stattgefunden. Die Situation war einfach nur unerträglich, und zwar, weil ich, wie schon gesagt, nicht mehr kämpfen konnte. Ich stand da wie einer der in der Nähe wachsenden Bäume, die alles nur über sich ergehen lassen können und die am Eingehen sind. Die Blätter an einigen Ästen, vor allem an denen in der Krone, waren schon nicht mehr ganz richtig. Wer das wahrnehmen wollte, konnte es sehen. Aber niemand nahm es wahr, weder einer der Menschen, die auf dem Winziggrund mit mir auf den Bus warteten, noch jemand aus der großen, anbrandenden und umspülenden Flut. Ich konnte deutlich erkennen, daß sie alle ein Ziel vor den Augen hatten, damit sie in der Welt sich nicht irrten, abgesehen von einer alten, sehr bleichen Frau, die sich mit Hilfe eines Stocks an den Häuserfassaden entlangtastete. Ich hatte das ja nicht. Der Unterschied war einfach und logisch: sie hatten ein Ziel

und sahen nichts anderes, ich hatte kein Ziel und sah alles andere. In meiner Not beneidete ich jeden, der anders war, den Touristen, der gerade seine Kamera bediente, oder das junge Ehepaar, das soeben im Geschäft gegenüber einen neuen Papierkorb erstanden hatte. Endlich fuhr der Bus an der Insel vor, ich betrat ihn wie die Arche Noah. Und ich weiß nicht, was noch alles passiert wäre, wenn ich auch nur einen Augenblick länger da hätte stehen müssen.

Ich setzte mich auf die vorderste Bank, von da konnte ich den Fahrer beobachten und auf die Straße blicken. Ich hatte mir vorgenommen, über das Treiben und die kleinen Dinge in der Flut hinwegzusehen, unbeirrt geradeaus in Fahrtrichtung zu blicken. Der hier und da üppig entblühte Flieder, die riesigen gefleckten Stämme der Platanen, deren fahlnüchternes erstes Laub, dann auch wieder fetteste Kastanien mit weißen oder roten Blütenständen, zartes Lindenlaub, Bäume, Büsche, Sträucher zwischen und vor den Hausfassaden, all das erinnerte mich an etwas. Ich war eisern entschlossen, mich auf die Erinnerung einzulassen. Ich witterte Erholung, ja Erlösung. Das haben natürlich auch andere schon erlebt. *Der Geist hilft unserer Schwachheit auf.* Ich konzentrierte mich heftig, soweit das in meiner Lage überhaupt möglich war. *Wir wissen nicht, was wir beten sollen, wie sich's gebühret, wie sich's gebüüühret. Der Ga-ha-ha-ha-heist, der Ga-ha-ha-ha-heist.* Aber er kam mir nicht. Stattdessen ging etwas mit dem Fahrer vor. Er verlangsamte die Fahrt, obwohl keine Haltestelle in Sicht war, und blickte dabei wie gebannt zum linken Straßenrand. Sein Gesicht verriet Betroffenheit. So wie er die Fahrt verlangsamt hatte, so schien auch etwas in seinem Wesen sich zu verlangsamen, zu verzögern, ja, sich schließlich geradezu rückwärts aufzuspulen. Ich folgte dem Faden mit meinen Augen. Und da lag sie, die Sterbende, eine Blutblase vor dem Mund, die fast so groß war wie ihr Kopf. Die Augen weit offen. Das eine vordere Bein streckte sich zuckend aus, wieder und wieder. Als wolle sie etwas greifen, erreichen, was zu weit entfernt war. Ein paar Meter weiter standen Leute und sahen stumm herüber, unablässig brauste der Autofluß in die üblichen zwei verschiedenen Richtungen. An einem Stand kauften zwei Frauen Obst und Gemüse.

Der Bus war langsam weitergefahren, ich verdrehte mir schon den Hals nach der Sterbenden. In der Kehle war ein Kloß schmerzhaft angeschwollen. Ich blickte zurück zum Fahrer, der immer noch zögerte und sich nicht entschließen konnte, ob auch Sterbende in die Arche gehörten. Meine gesamte Ohnmacht blieb an ihr haften, auch als ich sie schon lange nicht mehr sehen konnte. Mein bitteres Unglück streckte sich ihr entgegen, zuckend, schluchzend. Aber sie war zu weit entfernt, ihr Sichstrecken und meines würden sich nie berühren. Da traf mich endlich das ganze Ausmaß der Niederlage, ich brach zusammen und sah mir dabei auch noch zu.

Unsere Fahrt ging weiter in die entgegengesetzte Richtung. Vor meinen Augen spulte sich noch einmal der Film der letzten Stunden ab: Anmarsch, Attacke, Kampf, Niederlage, Zusammenbruch, Sterben, der Tod und das Leben. Der Bus hielt. Aber nicht an der Haltestelle, sondern an einer Ecke, wo ein Polizist stand. Der Fahrer schob das Fenster auf, winkte den Polizisten heran und beschrieb ihm etwas in der anderen Richtung. Der Polizist hörte sich's an, auf seinen Lippen las ich die Frage: Eine Katze? Der Fahrer nickte, und der Polizist ging los, mit entschlossenem Gesichtsausdruck.

Was daran Tröstliches gewesen sein soll, weiß ich nicht. Jedenfalls breitete sich sanfte Erquickung in mir aus wie ein Stärkungsmittel. Der Bus fuhr an, ich sah den behaarten Unterarm des Fahrers, als er beim Weiterfahren das Fenster wieder schloß. Dann legte er sich über das große Lenkrad. Ein Dankbarkeitsschwall wallte in mir auf und richtete sich eindeutig auf den Busfahrer. Ich fühlte mich merkwürdig aufgehoben in der Nähe dieses Armes, ich fand auch, daß soweit doch eigentlich alles wieder in Ordnung war. Jedenfalls einigermaßen. Es wurde für alles gesorgt. Für dieses und jenes wie für Tod und Leben. Die Niederlage war geschehen, also hinter mir.

Ich begann, mich auf den Nachmittagskaffee zu freuen. Kuchen würde ich mir besorgen, und für den Abend hatte ich eine Verabredung mit einer Kinokarte. Ich gähnte und reckte mich ein wenig, bevor ich bei der nächsten Haltestelle den Bus verließ.

2

Für Henning und Till
Für Helga
Und für John

Übergang

In der Nacht von Samstag auf Sonntag wurde in einer Diskothek in West-Berlin ein 25jähriger Mann von einer Gruppe schwarzer GIs zusammengeschlagen.

Zuerst traf ihn eine Faust mit Schlagring ins Gesicht, genau in dem Moment, als er eine Packung Zigaretten aus dem Automaten direkt neben der Toilettentür gezogen hatte und sich wieder aufrichtete. Dann wurde er aufgefordert, mit in die Toilette zu kommen, ging aber zurück an den Tisch, wo seine Freundin, ein Freund und seine Schwester saßen. Er war bleich, seine Lippen waren stark angeschwollen und blutig, und als er die Zigaretten auf den Tisch legte, zitterte seine Hand.

Was ihm gerade passiert war, erzählte er schnell und ohne jede Betonung mit gesenktem Kopf und hinter vorgehaltener Hand, seine Finger tasteten die Schwellung an den Lippen ab. Dabei sah er unverwandt auf ein Stückchen Tischkante vor seinen angewinkelten Knien. Er hatte den Satz – paßt auf, ich glaube, das geht hier gleich noch weiter – kaum zu Ende gesprochen, als ihr Tisch von einer Gruppe Schwarzer umringt wurde, einer beweglichen, aber undurchdringlichen Mauer. Die Eingeschlossenen konnten später nicht sagen, wieviele es gewesen waren, die neben-, hinter- und voreinander sich aufbauten: zehn, fünfzehn, zwanzig. In der Erinnerung gab es nur eine dichte Masse, Arme und Fäuste, die sich hervortaten, auf Kopf und Bauch des jungen Mannes zielten, der zu wimmern begonnen hatte und unter den Schlägen und Stößen zuckte und sich krümmte und bald schief zusammengesunken, den Kopf halb auf dem

Schoß der Freundin, zu Füßen der Mauer lag. Köpfe schoben sich vor und wichen wieder zurück, ohne daß sichtbar geworden wäre, welche Arme zu welchen Köpfen gehörten. Die Eingeschlossenen redeten auf die Schlagenden ein, versuchten, sie abzuwehren; jemand schrie: Hört auf, warum macht ihr das, was hat er euch getan. Aber aus der Mauer hörte keiner und reagierte keiner. Die Freundin fragte aufgebracht zum Nebentisch rüber, warum niemand zu Hilfe komme. Einer stand auf, kriegte aber sofort einen Schlag ins Gesicht und setzte sich wieder. Der Freund rief dem Barkeeper etwas zu, der nur mit einem bedauernden Achselzucken reagierte. Die Schwester richtete sich halb auf und schrie über die schwankende Mauer in den Raum hinein, daß jemand doch endlich Hilfe holen solle. Viele Gesichter waren ihnen leer zugewandt. Aber nichts geschah.

Sekunden später saßen sie da ohne Mauer. Als ob ein dunkler Vorhang weggezogen worden wäre. Der junge Mann versuchte, sich aufzurichten. Seine Freundin half ihm; er blutete aus Mund und Nase, seine Beine zitterten. Sie redeten durcheinander. Er entdeckte, daß seine Tasche weg war, und sagte: Da ist nur'n Zehner drin.

Sie saßen da, als würden sie geträumt. Wagten sich nicht vom Tisch fort. Von überall her blickten Leute zu ihnen, verstohlen und immer gleich wieder weg. Zeit verging, und sie wußten nicht, ob das gut oder schlecht war. Die Schwester des jungen Mannes rief den Besitzer, als sie ihn an der Bar stehen sah. Sehr langsam kam er auf sie zu.

Sie müssen die Polizei rufen.

Nein, keine Polizei, das ist nicht nötig. Von denen ist keiner mehr hier im Lokal.

Aber wie sollen wir hier rauskommen? Wenn die draußen auf uns warten.

Er ging fort, kam nach wenigen Minuten mit der Ta-

sche des jungen Mannes zurück und überreichte sie ihm. Es fehlte nur das Geld, selbst das leere Portemonnaie war da.
Sie lag vor dem Eingang. Das erleben wir hier oft kurz vor Ultimo.
Dann bat er um ihre Garderobenmarken. Mit den Mänteln und Jacken kam er wieder, lächelte, sprach beruhigend auf sie ein und erklärte ihnen, was sie zu tun hätten.
Ihr Wagen steht auf dem zweiten Hof? Gut. Ich lasse Sie hier zum Hintereingang raus, dann sind Sie gleich da. Verriegeln Sie die Türen von innen. Fahren Sie dann los. Nicht stoppen, immer weiterfahren. Wir – und er zeigte dabei auf zwei hinter ihm stehende Männer – gehen langsam neben dem Wagen her. So kann Ihnen überhaupt nichts passieren. Nur immer weiterfahren. Nicht anhalten.
Die Tür wurde aufgeschlossen. Der Hinterhof ein dunkler Schacht. Sie traten ins Schwarze – links irgendwo mußte das Auto stehen –, sahen nach rechts. Unter dem erleuchteten Torbogen, die ganze Breite der Ausfahrt aus dem ersten Hof versperrend, verharrte eine dunkle mannshohe Mauer. Sie dampfte von Atemnebel; Bewegung schien durch sie hindurchzugehen, wurde sichtbar in schmalen, sich ständig verändernden Lichtritzen. Die war da hinten und darauf zu und da hindurch mußten sie. Der Besitzer lächelte ihnen aufmunternd zu. Der junge Mann und seine Freundin krochen auf die Rücksitze; sie versuchten, sich so weit wie möglich zu ducken. Die Schwester setzte sich ans Steuer; sie nahm zum erstenmal wahr, daß der alte VW auf der Fahrerseite nicht von innen zu verriegeln war. Neben ihr saß der Freund. Sie ließ den Motor an, setzte zurück und wendete.
Sie hatte jetzt, langsam aus dem zweiten Hof in den ersten fahrend, alles klar vor sich. Neben ihnen, in Höhe

der vorderen Kotflügel, gingen die Männer mit. Zwei links, einer rechts. Die Mauer kam näher, ihre Masse wurde unterscheidbar in Köpfe, Arme, Beine. Sie schlingerte, wölbte sich an einer Stelle vor, öffnete sich aber nicht. Ein Arm löste sich heraus, ein Schatten beugte sich mit ihm nach unten, der Arm ein Greifer.
Paßt auf, gleich fliegt was durch die Scheibe.
Es krachte und splitterte, alles und überall war Krachen und Splittern. Ihr Kopf wurde in der unteren Gesichtshälfte von einem schweren Gegenstand getroffen. Den Bruchteil einer Sekunde, nicht länger als der heftige Ruck durch den Schlag gedauert hatte, schien sie zu zögern, ließ sie das Lenkrad los, griff ihre rechte Hand an den Kopf. Aber das Auto fuhr weiter, und von hinten schrie jemand: Fahr weiter, fahr. Die schlagen uns tot.
Da ging die Mauer weich und lautlos, wie elektronisch gesteuert, auseinander.
Straßenbeleuchtung, Nebelschwaden, glänzender Asphalt. Hauptstraße hieß die Straße. Sie bog nach rechts in die nächste Nebenstraße ein und fuhr kreuz und quer einige Kilometer, nur um außer Reichweite zu kommen. Unablässig tropfte es auf ihre Jacke. Sie faßte hin und sagte: Ich glaube, ich bin verletzt. An der nächsten Telefonzelle hielt sie. Steigt aus, ruft die Polizei. Der Freund sah, während er die Tür öffnete, zu ihr hinüber und sagte: Und einen Krankenwagen. Sie stiegen aus. Bis in die Haare und Kleidungsfalten waren die Glassplitter geflogen, bei jeder Bewegung lösten sich einige und fielen auf das Pflaster.
Ihr Bruder, der schon während der Fahrt laut zu weinen begonnen hatte, stand jetzt vor der offenen Wagentür, blickte auf ihr Gesicht und schrie: Ich bring sie um. Ich geh da jetzt hin. Sie haben dich kaputtgemacht. Dabei trommelte er mit den Fäusten auf das Autodach, als woll-

te er sich selber die Handgelenke und Fingerknöchel brechen. Sie hob eine Hand, um ihre Lippen zu berühren, berührte aber stattdessen aufgerissenes und geplatztes Weiches und lose darin hängende Zähne. Sie fürchtete, er werde tatsächlich zurückgehen und sagte: Hör auf, das kann man doch alles wieder hinkriegen. Wenn du da jetzt hingehst, schlagen sie dich tot. Er schrie und schluchzte durcheinander, bis der Krankenwagen kam, ließ sich dann überreden mitzufahren.

Im Krankenhaus wurden sie in einen winzigen Untersuchungsraum geführt, der einer Abstellkammer für medizinische Geräte glich. Eine Krankenschwester warf einen kurzen Blick auf ihr Gesicht und reichte ihr eine Nierenschale aus Pappmaché, damit der Fluß aus Blut, Schleim und Speichel nicht mehr auf die Jacke oder den Fußboden ging. Nach mehr als einer Stunde wurde ihnen gesagt, sie müßten in ein anderes Krankenhaus, eins mit einer Spezialabteilung für Kiefer- und plastische Gesichtschirurgie.

Wieder kam ein Krankenwagen. Der Begleiter des Fahrers öffnete die hinteren Klapptüren und half ihr hinein. Sie hielt die sich allmählich füllende Nierenschale unter ihr Kinn. Der Begleiter bedeutete ihr, sich auf die Bahre zu legen. Wegen des anhaltenden zähen Flusses – dicke, nicht mehr endende Schleimfäden verbanden jetzt Gesicht und Nierenschale zu einer losen Einheit – und weil Muskeln und Gelenke der unteren Gesichtshälfte sich nicht mehr bewegen ließen, konnte sie nur noch mit Mühe Worte artikulieren. Sie gab ihm zu verstehen, daß sie nicht liegen könne, weil dann alles in sie zurückfließen würde und sie nicht mehr atmen könnte.

Fahrer und Begleiter waren aufgeräumt und guter Laune. Sie riefen sich während der Fahrt Witze zu. In wildem Tempo fuhren sie über die Stadtautobahn, allerdings in die verkehrte Richtung, wie sie nach einigen

Minuten belustigt feststellten. Als der Fahrer schließlich den Irrtum korrigiert hatte, sagte der neben ihr sitzende Begleiter: Lassen Sie mal sehn. Dabei glitt sein Blick flüchtig prüfend über ihr Gesicht.
Na, das wird wohl nicht wieder.
Ihr Bruder, der vorne neben dem Fahrer saß, drehte sich um.

Umständlich tastete der Arzt Gesicht und Schädel ab. Er sah ihr nicht ein einziges Mal in die Augen, auch nicht, als er sagte: Ja, der Kiefer ist gebrochen. Während er weitertastete und hier und da drückte, diktierte er einer Frau den Befund, zählte die Nummern der Zähne auf, die, soweit er das erkennen konnte, fehlten, und die auf den ersten Blick identifizierbaren inneren und äußeren Weichteilverletzungen. Schließlich fragte er: Wie ist das denn passiert. Sie versuchte etwas zu sagen; weil es schlecht ging, wurde außerdem ihr Bruder befragt. Ein Überfall also, sagte der Arzt.
Eine Krankenschwester begleitete sie über Flure und im Aufzug zur Röntgenabteilung. In dem kleinen Raum für die Schädelaufnahmen mußte erst das Licht eingeschaltet werden. Während es noch irrlichterte und flackerte, blieb der Zeigefinger der Krankenschwester abwartend auf dem Schalterviereck liegen, mit der anderen Hand zog sie die beigefarbene Strickjacke über ihrem Kittel zusammen. Wie ein Radarschirm bewegte sich das Aufnahmegerät, mit dem eine Panoramaaufnahme des unteren Gesichtsschädels gemacht werden sollte, fast ganz um ihren Kopf herum. Als sie vom Röntgen zurückkamen, half ihr die Krankenschwester beim Auskleiden. Alle Kleidungsstücke, sowie ihre Halskette, der Ring, die Armbanduhr kamen vor ihren Augen in einen Plastiksack und wurden einzeln, Stück für Stück, laut genannt, damit alles mitgeschrieben werden konnte. Dann wurde

ihr ein Krankenhaushemd übergezogen. Sie unterschrieb das Formular, mit dem sie in die Operation einwilligte. Der Arzt ging ans Telefon und gab Anweisungen für die Operation, die er auf sieben Uhr festsetzte. Dann bekam sie, schon im Bett liegend, eine Tetanus- und eine Beruhigungsspritze, wurde von der Schwester zugedeckt und auf den Flur geschoben. Dort übernahm ein Pfleger das Bett und stieß es, gutgelaunt und mit viel Schwung, um die nächste Ecke. Der Arzt ging vorbei und sagte: Vorsichtig, die Frau hat doch Schmerzen.

Mit einem unblutigen, präzisen Schnitt trennte der Arzt mich ab von dem, was war. Ein Überfall also. Hinter dem zentralen Wort sackte alles weg. Es setzte sich augenblicklich an die Stelle dieses Gemisches aus Sequenzen, Wirbeln und Stillständen, aus hohler Dunkelheit und diffuser Beleuchtung, angespannt ruhig verharrenden und abrupt agierenden Körperteilen, Gesichtsarealen und Mauerkanten, aus diesiger Feuchtigkeit und glänzendem Asphalt. Es verschluckte und verdaute zur selben Zeit und sonderte sogleich auch das Produkt, den fertigen Überrest, ab. Diese Ausscheidung war massiv, aus einem Guß. Ich konnte nichts damit anfangen. Überfall. Das Loch, das Maul sollte mir gestopft werden, kaum, daß es aufgerissen worden war. Dabei konnte ich doch von Glück sagen, daß nun endlich auch meine Anatomie einen Knacks bekommen hatte, daß der Körper aufzuholen beginnen konnte, was bis dahin allein meinem Gehirnkopf vorbehalten war, nämlich dem grenzenlosen Chaos der Welt auf allen Schleichwegen und überallhin zu folgen, wo es sich bemerkbar machte, es also auch in mich einbrechen und in mir wüten zu lassen. Im Grunde war ich erleichtert. Die Schmerzen, die der Arzt fürsorgend über meinen Kopf hinweg ausgesprochen hatte, kamen bei mir nicht vor. Ich spürte deutlich, daß Großes, ja Bedeutungsvolles geschehen war. Etwas, das die Kraft hatte, mich aus diesem Leben in Schönheit – des Körpers und des Verstandes – endgültig, das heißt auch physisch nachweisbar, rauszuwerfen. Der Terror würde nachlassen in dem Maße, wie das Kaputte nicht zu flicken und die Unversehrtheit nicht wiederherzustellen war.

Ein Gefühl wie vor Antritt ewiger Ferien breitete sich in mir aus, als würde ich nie wieder arbeiten müssen. Und federleicht erschien alles, was vor mir lag, weil es an keine Zukunft mehr gebunden war. Ich hatte plötzlich nichts mehr vor, brauchte nichts zu erreichen oder nachzuholen. Ich war frei. Ich fühlte die Mauerlosigkeit eines wegen der Trümmerüberreste zwar holprigen, aber nach allen Seiten offenen Geländes, die kühle Zugluft, die sich in den qualligen Weichteilen der aufgeschlagenen Gesichtshöhle jetzt verfing wie in einer Falle, sich dort aufgeregt hin und her warf und messerscharfe Einschnitte hinterließ, deren Linien und Verläufe der Schmerz nun genau aufzuzeichnen begann und jeweils so lange nicht verblassen ließ, bis der nächste Schnitt erfolgte.

Ich war gerade dreiunddreißig Jahre alt geworden, als ich mir endlich eingestehen konnte, was ich lange schon geschluckt hatte, nämlich daß es um Ausrottung ging. Die Spezies, zu der ich gehörte, kam zu allerletzt dran; es war zugleich die Spezies der Verantwortlichen. Die meisten unter ihnen wußten nicht einmal das. Auch ich war von kleinauf immer vom Gegenteil ausgegangen. Das Gegenteil war Gesetz, unterbrochen durch Schicksalsschläge wie Tod und Weltkrieg.

Aber das alles interessierte mich anfangs nicht. Es gab

nur Sensationen. Aus-dem-Bett-gehoben-werden, Laufen zum Bunker, eine Anstecknadel mit einem Marienkäfer, die im Gewühl unter der Erde zu Boden fiel und die jemand aufhob und mir zeigte. Offene Fenster im Sommer und ein weiches neues Kleid aus einer Hakenkreuzfahne. Ein Russe, der immerzu in die Luft schoß und an dem wir vorbei mußten, ich an der Hand meiner Mutter, um den Schlagbaum zu passieren. Ich schrie, er werde uns totschießen, und verstand meine Mutter nicht, die einfach auf ihn zuging und mich hinter sich herzog. Eines Sonntags wurde ein Russe erschossen, mitten im Park am Rondell, und dort auch gleich, inmitten der Rosen und Löwenmäulchen und unter einer der Musikantenstatuen aus Gips, begraben. Mein Vater und ich standen etwas abseits. Als meine Augen zu tränen anfingen, wurden wir von Uniformierten verjagt. Ich fragte und mein Vater antwortete etwas, unter dem zwei große Worte waren: Verräter und Tränengas. Es war heiß, die Blumen dufteten, der Kies knirschte. Ich konnte die einzelnen runden Steinchen nicht mehr erkennen. Es war alles ein gleißendes Gelb.

Ernster wurde es, als wir in den Westen kamen. Ich sah heimlich einen Film mit Audrey Hepburn und wußte, daß ich keine Chance hatte. Dann sah ich, wieder heimlich und nachmittags, während zu Hause die Öfen erkalteten, die ich hätte heizen müssen, ›Ludwig II‹. Als O. W. Fischer im Lodenanzug unter dem Vordach einer Hütte stand und einige Regentropfen von seiner Schulter perlten, während er traurig wissend in die Gegend blickte, liebte ich ihn aussichtslos. Dann sah ich das Wegbaggern der Leichenberge in ›Nacht und Nebel‹ und wußte, wenn das einmal passiert ist, kann es jederzeit wieder passieren, eigentlich allen, je nachdem. Auch mir. Und es gab kein wichtigeres Datum der Woche als den Tag, wo die neuen Lesemappen geliefert wurden. In der ›Hör Zu‹ las

ich ›Wie ein Sturmwind . . . kam es über Marianne Eichler‹. In der Küche über den Tisch gebeugt. Das Außen war windstille Leere, das Innen ein Vakuum mit hungrigem Mund, das ununterbrochen Nahrung brauchte, um sich aufzufüllen und dann vollgefressen und dumpf schläfrig über die nächste Runde zu kommen.
Der Vakuummund wurde zum wichtigsten Organ. Er lernte nur eines: aufzunehmen und nach innen wegzuschlucken. Das Umgekehrte funktionierte nicht. Er war unfähig zum Ausdruck. Das einwärts Gegessene wurde zur Grammatik einer schwerzungigen, nicht zu sich kommenden Sprache, einer Sprache im Traumzustand, jenseits der Sinn- und Formenschwelle. Augenlos und dunkel.
Dieser Mund war bald ein Allesfresser. Er putzte ununterbrochen weg, was draußen, außerhalb des Leibes, sich ereignete oder einfach nur da war. Keinem Bild, keinem Gefühl, keiner Aktion, keiner Unerträglichkeit konnte er sich verweigern. Nichts schien ihm zuviel zu werden. Er fraß es hinein. Ein dauernd mümmelndes Wulstorgan. Eine Ausnahme gab es, die wurde nicht gegessen: Musik. Sie war das schlechthin Andere und wollte nichts weiter von mir. Sie erzeugte eine Art Besessenheit, hinter der alles andere bedeutungslos wurde.

Ich lag allein auf einem Flur und rutschte aus Hohlem und Dunklem heraus, aus einem System, in dem es gerade noch gewimmelt hatte von den unterschiedlichsten Bewegungen und Sensationen, die das Neonlicht sofort und rückstandslos ausradierte. Ich war hingekippt vor etwas, vor dem ich nicht umkehren konnte. Ja, ich mußte sogar noch weiter, nämlich hindurch. Aber da es so unausweichlich war, machte es nichts aus.

Wir operieren um sieben. Sieben. Sieben. Lieber Gott, hilf mir. Dies ist ein Herbsttag, wie ich keinen sah. Über allen Gipfeln ist Ruh. Sieben. Bewegung ging auf eine breite dunkelbraune Tür zu.
Guten Morgen, ich bin Ihr Anästhesiearzt.
Sieben.
Und ich werde Ihnen jetzt gleich eine Spritze geben.
Es war ein mattglänzendes schwarzes Gesicht, das ich vor dem grellen Neonstrang über mir schließlich fixieren konnte, nachdem es immer wieder weggeschwommen war.
Mein Anästhesiearzt. Er gehört zu ihnen. Sie wollen mich umbringen.
Sie dürfen nicht, ich habe Jodallergien.
Ja, ja, ich passe auf Sie auf. Er lächelte sanft. Es ist alles okay.
Okay. Er bringt mich um. Okay.
Ich vertrage die Narkose nicht. Mir wird schlecht.
Sie brauchen keine Angst zu haben. Wir machen das schon.
Ein rhythmisch hastiges und dumpfes Schlagen im Brustkorb wollte noch ganz schnell einen Ausgang finden, kam aber nur bis zur Kehle. Die Atemzüge wollten gleichmäßig weitermachen. Luft holen, ausatmen, Luft holen. Der Mund wollte sagen: Noch nicht. Nein. Aber er dachte es nur halb und erstickte schon an dem Gedanken.
Ein schwarzes, wattiges Ende drückte mich mit unvorstellbarer Kraft aus, ich hatte so viel Widerstand wie der Docht einer Kerze, der ausgelöscht wird. Es ging ganz schnell; die körperlichen Vorgänge verendeten jeweils Bruchteile unmeßbar kleiner Zeiteinheiten eher als die restlichen. Ich fühlte noch, daß mir der Atem abgestellt wurde, ich dachte, ich muß mich jetzt gegen die Kraft, die sich eng um meinen Hals gelegt hat, stemmen, als

ich auch noch deutlich spürte, wie sich auf dieses gedankliche Vorhaben eine Scheibe, die so groß war wie ALLES, schnell und endgültig herabsenkte. Als beides aufeinandertraf, war ich schon tot. Das war das Letzte, was mir nicht entging: Ohnmacht, über die die Macht hinwegwalzt, Terror, gegen den dein Wille ein Hauch ist.

Sie hat spiriert ... aspiriert ... aspera ... Hoffnung? Transpiriert? Mein Körper scheint gemeint.
Ich höre mich stöhnen, schlafe oder wache oder nichts von beidem. Kahle Dämmerung in einem Raum, der sich nicht begrenzen und nicht feststellen läßt. Zeitlose Zeit. Der Moment vergeht nicht und steht doch auch nicht still. Wie der Schmerz und die Übelkeit und das Zerren und Ziehen in allen Körper- und Gehirngegenden zugleich. Mein Dasein ist eine flache Unterlage, eingehüllt in eine extra Nacht. Ich kann nichts erkennen. Wenn Morgen ist, wird alles besser sein.
Es war schon lange Morgen und Mittag gewesen, es war schon wieder früher Nachmittag mit winterlicher Dämmerung, und die Nacht hielt sich unbeirrt immer weiter bei mir fest.
Offene oder geschlossene Augen. Ein dämmriger Nebel zeigte vage Konturen an, mehrmals eine Art Fenster, dann eine Figur, die davorstand, Geräusche, ein Bett mußte da sein, Kissen wurden aufgeschüttelt. Die Figur stand einmal zu meinen Füßen und schien etwas bergig und kraus auf mir Liegendes geradezuziehen, ging wieder weg. Ich konnte nicht aufhören zu stöhnen, es war die einzige mir zur Verfügung stehende Lebensmöglichkeit.
Kurz hellte sich jetzt die Nacht auf. Für einen Augenblick von schlagender Tragweite erkannte ich meine Lage. Ich war aufgebahrt in der Hölle meiner selbst. Es gab keine Anzeichen dafür, daß dies bald vorbei sein würde.

Starr über mir zur Linken hing der Galgen mit dem Tropf. Dreiviertelvoll die Flasche mit der Flüssigkeit, die der Plastikschlauch in meinen flach aufliegenden Arm führte, eine Uhr, die eine zu lange Ewigkeit anzeigte. Ich konnte mich nicht auf die Seite legen, dann hätte ich diese Nabelschnur aus der Vene gerissen. Ich versuchte, den Kopf zu drehen. Er bewegte sich wie ein zu schwerer, kaum zu hebender Stein. Steckte in einem vielfach geschnürten Korsett rauher Bandagen mit austretenden Schläuchen. Irgendwo unterm Kinn verlief ein harter Strang, der an etwas scheuerte und der mit dem Stück unbedeckter nackter Haut ganz in seiner Nähe ein zermürbendes Gefühl der Spannung erzeugte. Die Beine waren so oder so nicht zu halten. Es gab keinen Zustand, in dem sie nicht sofort auffällig wurden und danach verlangten, abgestoßen oder abgetrennt zu werden. Eine unbändige Unerträglichkeit schob sich aus der Mitte gewalttätig aufwärts. Das Würgen war eine einzige auf mich konzentrierte Attacke, ich sollte erledigt werden. Nacht kam mir noch einmal zu Hilfe, tauchte mich unter und machte doch klar, was mir bevorstand, wenn sie vorbei sein würde.

Ich wollte das nicht erleben.

Ich hielt Henning an der Hand. Wir kauften Brausepulver bei der Süßigkeitenbude, fünf Minuten Fußweg von unserer Wohnung entfernt. In der Bude lief, wie immer, hinter dem Rücken des Besitzers, das Radio. Ich bezahlte gerade, als ›Die Blumen sind für Bellabimba‹ ertönte. Ich zog Henning mit, rannte mit ihm über die Eisenbahnbrücke nach Hause, stellte in der Küche das Radio an, und da lief dasselbe Lied noch einige Sekunden, bevor es zu Ende war.

Das war die Nahrung, die ich wirklich brauchte. Wie ein Sturmwind brachte sie etwas in Bewegung, zerschlug blitzschnell alles Feste und Schwere und gab mir ein Gefühl von Durchlässigkeit, wo das Innen genauso viel galt wie das Außen. Die Musik ging einfach hindurch, durch Mauern und Wände, durch die Haut. Sie blieb nicht, sondern verging wieder. Sie erzeugte den richtigen Hunger, nach dem immer neuer Hunger kam.
Im Nebenzimmer feierte mein schon verheirateter älterer Bruder. Er hatte es gut. Er spielte stundenlang immer wieder denselben Schlager auf dem geliehenen Plattenspieler: ›Leila, nur diese eine Nacht verwöhne mich, küsse mich und quäle mich‹. Ich lag im Bett und sollte schlafen. Ich hörte.

Die Gestalten, die sich rechts neben dem Bett – sehr nah beieinander – aufhielten, waren mit mir in denselben Nebel eingehüllt. Ich konnte nicht durchdringen. Sie sagten etwas, das immer gleich klang. Ihre Nähe war mir unangenehm, sie waren viel zu dunkel und groß; auch ging ein intensiver Geruch von ihnen aus, gegen den ich keine Chance hatte. Zwei oder drei Worte durchschlugen plötzlich den Nebel, machten deutlich, daß das Reden mir galt. Es war freundlich, wohl gar liebevoll gemeint, das wußte ich sogar jetzt. Aber es schlug in mein Zentrum wie ein Geschoß ein. Wenn sie bloß weggehen, mich in dem Nebel allein lassen würden. Sie wollten etwas von mir, mich erkennen oder wiedererkennen, wollten es mir auch noch beweisen. Ich war aber nichts Erkenn- oder Identifizierbares, ich war diese Nebelglocke, ein irgendwo schwebend verharrendes, dämmriges Dasein, ein Zustand, der mit ihrem Bild von mir nicht übereinstimmte. Sie meinten, mich herausholen zu müs-

sen aus etwas, aus dem ich um alles in der Welt nicht auftauchen wollte.
Erinnerung – Anstrengung – Identität. Das Geschoß hatte einen inneren, zentral gelegenen Sack durchschlagen, eine bis dahin sicher abgekapselte Blase. Mit unwiderstehlichem Druck drängte ihr Inhalt aufwärts – es war zu spät, es gab kein Aufhalten mehr. Er preßte sich quallig ausdehnend die Kehle hoch – ich möchte tot sein –, riß den bandagierten Höllenrachen, der nichts als geschlossen und bewegungslos sein wollte, mit wüster Kraft und Gewalt auf, so daß ein Stechen, Ziehen, Rukken und Schneiden die hintersten Winkel des Gehirns durchfetzte, und wälzte sich dann als schleimig schwarzrote Substanz wie Rotwein mit darunter geschlagenem Ei in eine Wanne. In der Nierenschale schwappte er eine Weile hin und her, eine Masse noch lebenden Aufruhrs. Mein Kopf fiel zurück auf das Kissen. Es hörte und fühlte sich an, als poltere er über mehrere Steine nacheinander, ehe er aufschlug. Ich war angekommen.
Durch die Tür trat jemand, der mir sehr vertraut war. Ich versuchte, genau hinzusehen, aber ein neues Wühlen und Aufwärtsdrücken riß mir den Kopf hoch und zur Seite. Dann hielt mich jemand fest, stützte meinen Oberkörper ab, hielt die Nierenschale so, daß der ganze Vorgang als etwas Endliches erkennbar wurde und sagte dazu klar und deutlich: Es ist gleich vorbei, es ist das Blut im Magen, das rausmuß. Mein Kopf wurde langsam aufs Kissen zurückgeführt, war noch einmal kurz versucht, sich von einer aufsteigenden Nebelwolke einhüllen zu lassen – schon wurde Till, der mich gerade noch gehalten hatte, zu einer dunkel konturenlosen Figur, die sich rauchig einzupuppen begann. Aber ich wollte es nicht. ICH WOLLTE ES NICHT. Und es klappte. Ich kriegte die Augen auf, konnte die Liderbalken nach einigem Schwanken hochgestemmt halten und eine kleine Abfolge von Blik-

ken so lange aushalten, bis sich mir die Umgebung als Ansammlung normaler Einrichtungsgegenstände eingeprägt hatte. Neben mir Henning und seine Freundin, Till jetzt am Fußende des Bettes; rechts abgerückt von der Wand unter dem Fenster ein zweites Bett, auf dem eine ältere Frau im Nachthemd, den Rücken uns zugewandt, etwas zusammengesunken saß.

Mir ist immer so schlecht, kam es merkwürdig verschwommen und brockig aus mir heraus, und weh tat schon der Atemzug für die beabsichtigten Wörter.

Das ist nur jetzt. Morgen geht es dir schon besser.

Morgen. Wie spät ist es.

Ich mußte auf den Topf. Till schob mit sicherem Griff die Bettpfanne unter meinen Hintern. Wie leicht das ging. Wie einfach etwas aus einem rauslaufen konnte. Unter der Bettdecke hatte ein winziges Areal Lebenslust sich gehalten.

Draußen der Krieg, über den niemand ein Wort verlor, den niemand als solchen bezeichnete. Immer aufs neue erschien er als Ausnahme, Unfall, zu überwindendes Hindernis auf dem Weg zur Harmonie. Verschluckt, aber nicht verdaut. Ein ganz persönliches Versagen meiner Mutter oder der ganzen Familie. Oder von mir. Ich der Krieg, weil ich überall Dinge sah, die die anderen gar nicht wahrzunehmen schienen, die also nicht da waren.

Dabei war alles so klar. Die Menschen, die täglich zur Arbeit gingen, waren bereits erledigt. Nervenbündel oder unberechenbare, meist sprachlose Rohlinge. Ich durfte noch zur Schule gehen und den kleinen Bruder beaufsichtigen, Mahlzeiten herrichten, mit saubermachen, einkaufen gehen. Das ließ zu viel Energie übrig, einen Überschuß an Kraft. Kein Ereignis in meinem

Blickfeld entging mir, keins innerhalb meines Gefühlsradius. Und wurde hereingenommen. Eine nie endende Arbeit, die aber nichts Tätiges war. Es war eine Form der Bereinigung, ein Platzmachen, allerdings immer nur wieder für das Alte, den Krieg und die Ausrottung.

Ich schluckte ganze Schlachten weg, Leichenberge von Besiegten. Für einen Moment von Frieden, der nie eintrat. Es war ja ein Geheimnis, und die anderen wußten es nicht.

Daß dieser Mund kaum einmal stillstand, daß ich auch sie immer wieder verputzte, ihre Migränen, Kotzanfälle und Krampfadern, ihre Niederlagen und Traurigkeiten, die Blässe ihrer Gesichter und die Schweißfüße am Abend. Daß ich wegsteckte, was sie eingesteckt hatten. Ich tat es nur, ich hätte nichts darüber sagen können, da die Sprache ja das Gegessene und Verschluckte selber war. Und ich war wie eine Tafel, auf der ununterbrochen geschrieben wird, aber nie ein einziger Buchstabe stehenbleibt und nachzulesen ist: der Körper das unbeschriebene Blatt. Beweis für das Verschwinden von Kriegen.

Die Musik aber. Sie übertönte den Krieg. Sie schaffte es immer. Aufputsch- oder Beruhigungsmittel. Als Hound Dog oder Tutti Frutti, Gounod oder Hellmesberger. Oder etwas später als Kleine Nachtmusik und Peer Gynt Suite, bei sonntäglichen Wunschkonzerten im Radio zuerst aufgeschnappte Glücksbrocken, die dann, um immer parat zu sein, auf zwei eigenen Platten eingeheimst wurden, einschließlich der im Radio ausgelassenen langweiligen Stellen.

Ich wurde erwachsen, als wäre nichts geschehen. Nur irgendwo, nicht zu orten und unauslotbar, wurde etwas immer schlimmer.

Eine Schwester gab mir eine Spritze in den linken Oberschenkel. Unterhalb meiner Nase irgendwo befeuchtete sie etwas mit kaltem Tee, dann legte sie einen steifgefrorenen, unerwartet trockenen Gegenstand auf die eine Gesichtshälfte, der schon wegrutschte, als sie die Tür hinter sich zuzog. Immer schön kühlen.

Was kühlen. Was konnte sie gemeint haben. Kein Teil des Kopfes paßte zu diesem sperrigen Ding, nirgends die winzigste Fläche, auf dem es liegengeblieben wäre.

Ich ertastete den Gegenstand und versuchte, ihn gegen die eine Gesichtshälfte zu halten. Immer wieder sank die Hand weg. Schließlich war es, als befände sie sich unter luftigen Zentnergewichten, wollte sich einfach nicht mehr rühren. Das war angenehm, löschte auch das gerade erst zögernd wieder zu sich gekommene Pflichtgefühl aus.

Kühlen. Schön und Immer. Irgendwo gab es Menschen, die wußten, worauf es ankam. Schwestern. Ärzte. Und alle die andern, die nicht in diesem Zimmer waren. Und draußen arbeiteten, umherliefen und fuhren vor allem. Auf Autobahnen, Straßen, Schienen und in Schächten. Ohne mich. Ich lag flach ausgestreckt, ausgeschleudert und zurückgeworfen. Da zählten ganz andere Dinge.

Beide Beine gehören nicht richtig dazu – sie werden von einer tief in ihren Muskeln umhergeisternden Kommandozentrale beherrscht, die ununterbrochen Schmerzwellen aussendet, und zwar in viel zu enge Kanäle hinein, die sich anfühlen, als würden sie jeden Augenblick zerbersten können, was offenbar der Grund dafür ist, daß mir die Knie mal nach innen, mal nach außen wegknicken. Obwohl sie also nicht richtig dazugehören, gehen sie mit mir über eine weit ausgedehnte Hügelkuppe. Den höchsten Punkt haben wir immer noch nicht erreicht, und obgleich wir ihm schon viel näher gekommen zu sein scheinen, sieht es wiederholt – eigentlich nach jedem schwankenden Schritt – so aus, als habe er sich einfach schnell verlagert. Dahin aber will ich gelangen, weil ich mir von dort eine andere und neue Aussicht verspreche. Während ich mich so einigermaßen mühsam weiter vorwärts bewege, entdecke ich plötzlich, daß der ganze Hügel, so weit ich sehen kann, mit Müll übersät ist, vor allem mit Blech und Papier. Und da wird mir auch erst bewußt, daß rundum keine einzige Pflanze wächst, oder zumindest keine, die die Kuppe ansehnlich macht oder mein Bild von ihr auflockert. Bäume, Büsche, Gras, Blumen und Unkraut fehlen gänzlich. Hinzu kommt, daß ich völlig allein bin. Es gibt keinen andern. Mit diesem schmalen Bündel von Entdeckungen bin ich sofort zufrieden. Ich gehe zwar noch ein bißchen weiter, automatisch fast, vielleicht aus dem Gefühl heraus, daß den Beinen eine abrupte Umkehrung oder Umstellung nicht bekomme. Aber den höchsten Punkt brauche ich nun nicht mehr zu erreichen, weil ich sehe, daß es von dort aus keine neue oder andere Aussicht gibt. Überall ist es dasselbe, der Müll, die Pflanzen- und Menschenlosigkeit. Das kommt einer Ermutigung gleich: ich beschließe weiterzumachen, trotz dieser lästigen Beine. Mit Mut oder Gefühlsaufwallung hatte das nichts zu tun, nur mit einer Entschlossenheit, die auch noch erstaunlich fest verankert war, als ich aufwachte und die Beine sich hin und her und hin und zurück bewegten und keine Sekunde ausgestreckt verharren konnten.

Es war Nacht, aber keine Stundenangabe hätte auf das trübe Dunkel gepaßt. Die Notbeleuchtung löschte jede Orientierung aus. Im anderen Bett war es still, ein auf die Seite gedrehter und abgewandter Körper. Auch vom Flur war nichts zu hören. Ich begann wieder zu stöhnen, obwohl ich es nicht wollte, wand mich bis zum Hals hoch. Etwas mußte sofort geschehen. Ich hangelte nach dem Kabel mit der Klingel. In Panik und in der

Panik noch mit einem Anflug von Schuldgefühl, daß ich die Nachtschwester bemühte.
Ja, was ist denn. Die Frage kam so ruhig und selbstverständlich und aus einer so normal sich weiterbewegenden Welt, daß ich schon allein dadurch fast den Anschluß wiedergefunden hätte. Sie träufelte einige Tropfen Tee in mich hinein, ohne daß es wehtat, befeuchtete die quellenden Wülste, prüfte den Tropf und schob die Bettpfanne unter mich. Ich sah deutlich, daß sie das alles schon unendlich oft gemacht hatte. Ihr Gesichtsausdruck, ihre Bewegungen, ihre Art zu sprechen stellten eine ganz einzigartige Verbindung her, eine Art Brücke zwischen meiner einmaligen Panik und ihrer alltäglichen und nächtlichen Routine. Sie schenkte mir gerade so viel Beachtung und Zuwendung, wie nötig waren, damit es weitergehen konnte.
Die Beine. Das wird von der Spritze sein. Soll ich Ihnen was zum Schlafen geben.
Nein, nur gegen die Beine.
Das geht nicht. Gute Nacht.

Fast alle brachten es fertig, daß die Rechnungen ihres Lebens aufgingen. Mit atemberaubenden Kalkuliertricks. Nur Verrückte und Sonderlinge brachten es zu nichts. Die Heere der Toten, die Gemordeten und so oder so Um-die-Ecke-Gebrachten wurden einfach verschwiegen; das Nie-wieder-gut-zu-Machende existierte nicht nur nicht, sondern war Hirngespinst.
Und dann diese vielen Ausnahmen. Ich kam mit dem Zählen kaum nach, wieviele in jeder Familie sich umgebracht hatten, wieviele in der Klapsmühle gelandet oder ganz schlicht Versager geworden waren. Es sah ganz so

aus, als gäbe es mehr Ausnahmen als Regelfälle. Wieso ging laufend so vieles schief. Es war nicht dahinterzukommen. Ich beneidete die Jungen, die es fertigbrachten, immer action um sich zu haben. Sie bastelten an ihren Autos, sie hatten Hobbies und Freunde.

Ich war ja noch jung. Deshalb sah mir keiner was an. Das würde ich schon hinkriegen. Wenn man sich nur genug anstrengte, war alles drin. Es fehlten nur noch ein paar schicke Klamotten und das Geld für den Friseur. Ich schminkte mich schon bald täglich. Es konnte nur besser werden.

Aber es haute nicht hin. Das Geschehen wollte nicht deckungsgleich mit mir werden. Ich kam ans Glück einfach nicht ran. Das Glück hieß zu der Zeit die große Liebe. Dann war es mal beruflicher Erfolg, mal Bildung und Schönheit, mal alles zusammen.

Da traten allmählich die ersten Zerrüttungsmerkmale auf. Kleinste Enttäuschungen führten zu Weinkrämpfen, ein toter Vogel vor der Haustür verursachte tagelang anhaltende Traurigkeit, Essen mußte über Berge hinweggeschluckt werden.

Aber ich disziplinierte diese Ausfälle, keiner bekam sie zu sehen. Sie hatten sich in einer extra für sie reservierten Verbannungszone auszutoben und dort auch ohne jeglichen Beistand zu beruhigen. Danach übermannte mich meist kurzfristig wütende Entschlossenheit. Jetzt würde ich gleich daran gehen, endlich herbeizuzwingen, was sich bisher nicht freiwillig eingestellt hatte. So oder so aber mußte ich schon sehr darauf achten, daß mein Erscheinungsbild mir nicht außer Kontrolle geriet und daß ich, weiterhin gut sichtbar, auf den vorgezeichneten Wegen voranschritt. Wenn auch schon sehr viel unsicherer.

Die Schwester schob mich in den Röntgenraum und half mir auf einen Hocker.
Geht das so.
Als ob überhaupt irgendetwas ginge.
Heben Sie den Kopf mal so weit wie möglich und strekken Sie ihn vor.
Heben – Strecken. Sie schien nicht zu wissen, was los war.
Ja, noch ein bißchen.
Die ganze obere Partie meines Körpers von den Schultern an aufwärts war in Aufruhr. Lassen Sie mich doch einfach in Ruhe, hören Sie. Hören Sie jetzt endlich mal zu. Das kam nur als Aufstöhnen heraus.
Sie zog eine durchsichtige Plastikhülle über einen daumendicken, stocksteif mir entgegenragenden Stab. Mündungsschoner.
Und nun machen Sie mal den Mund so weit wie möglich auf.
Ich hatte es kommen sehen, ich hatte diesen Satz schon mindestens fünfmal gehört, ehe sie ihn tatsächlich aussprach. Ein Rest von Widerstand ballte sich zusammen und bahnte sich einen Weg durch den offenbar immer weiter anschwellenden Trümmerhaufen und kam sogar heraus: Meim – so ähnlich klang es, auch in meinen Ohren.
Doch, es muß sein. Versuchen Sie's mal. Ein paar Sekunden nur.
Zusammenreißen Auseinanderreißen Aufreißen.
Sie stülpte mich über das Ding, als sei ich hohl, ein Ballon, ein wendbarer Gegenstand. Aufgespießt.
Ich habe noch nie etwas so Schreckliches erlebt, wiederholte ein Satellitengedanke an einem bestimmten Punkt bei jeder Umlaufbahn, mir direkt ins Gesicht. Ich sah von einem anderen Punkt aus zu: einmal von unten, als wäre ich an den Beinen aufgehängt, aufwärts über mei-

nen Körper, einmal wie von oben. Der Stab durchragte mich wie ein Pfahl, der mir von hinten in die Kehle gepflanzt worden war. Und er wuchs in mir, nahm beständig an Umfang zu und wurde länger. Ich spürte mich schon mit ihm anschwellen. Er drängte das Geklumpe fort; an einer Stelle, wo sich sogleich ein überwältigender Eisengeschmack ausbreitete, stieß er auf etwas Hartes, Metallenes. Von dort machte er sich über meinen Hals auf den Weg in die Eingeweide. Das Weiche begann zu revoltieren.

Laßt mich raus, raus!

Schon gut, ganz ruhig, ist schon vorbei.

Sie schob mich zurück in die Wartehalle.

Der Pfleger holt Sie gleich.

Schief und krumm, eine einzige Grimasse, hing ich da in meiner Halterung. Es gab nichts, keinen Gedanken, kein Gefühl, kein Bild, das mich aus dieser Ewigkeit herausgeführt hätte. Von den sichtbar Lebenden, die in mein Blickfeld tauchten, war nichts zu erwarten, schon gar nicht Nähe, die unsichtbar Toten gab es nur als verschwiegene Zahl. Ich war zwischen beiden angesiedelt.

Die Wundheit im oberen Bereich, ihre wütenden Spitzen und messerscharfen Kanten verhüllten sich allmählich und tauchten dann in etwas Weicheres ein. Ein paar folgende Bewegungen und weit entfernte Erschütterungen fanden ein wohltuendes, langausgestrecktes, vollkommen erschöpftes und erlöstes Ende, aus dem mich eine plötzliche Kühle und ein Stich am Oberschenkel wieder herausholten.

Die Beine tun mir immer so weh, sagte der ganz nach innen gestülpte Mund, wie durch eine direkt ins Gehirn gerichtete Flüstertüte, so daß Lippen und Zunge sich nicht weiter bewegten. Aber die Schwester konnte es nicht hören.

Mit dem Rücken zur Wand in einer fahl ausgeleuchte-

ten Kelleretage unter niedriger Decke. Sie sind ganz jung, grell bunt gekleidet, mit aller Art Abzeichen bestückt und behängt. Ihre blonden Haare tragen sie sehr kurz. Sie rücken gegen mich vor, schließen sich dabei immer enger zusammen. Es ist kaum noch Luft zwischen ihnen und mir. Und sie drängen noch näher heran und feuern sich dabei gegenseitig mit Zurufen an: Mach sie doch fertig, brat ihr eins über. Jetzt gib's ihr doch endlich. Henning kommt angelaufen, ich sehe ihn über alle ihre Köpfe hinweg, obwohl sie viel größer sind als ich, und noch im Laufen ruft er dem Pulk zu: Dann könnt ihr doch auch mich nehmen und umbringen. Was er meint, ist: Nehmt mich anstatt. Ihnen aber kommt entgegen, was er gerufen hat: Ja, macht ihn auch noch fertig, grölen sie und schlagen einander dabei auf die Schultern und Oberschenkel, daß es nur so klatscht. Mein Mund öffnet sich und meint sekundenlang zu schreien, weitaufgerissen; aber es kommt nur ein kehliges Blöken wie aus der Mitte der Kelleretage, und nur ich weiß, daß es aus mir kommt. Da packt mich einer am Arm.
Was ist denn, was haben Sie denn?
Seine Gesichtszüge wurden merkwürdig weich, ich traute ihnen nicht. Aber nun hatte er plötzlich lange Haare und beugte sich weit über mich.
Es ist alles in Ordnung.
Da rastete mein Blick ein, vernietete sich im Oberkörper der Schwester und dem bleichen, sie umgebenden Tageslicht. Mein Kopf lag auf der Seite, verquer angewinkelt. Ich fühlte mit der rechten Hand nach, er war ein schwerer, harter, kantiger Stein, auf dem Quell- und Schwellsubstanzen vor sich hinwuchsen.
Der Arzt trat hinzu.
Sie werden so aussehen wie früher, darüber machen Sie sich mal keine Gedanken.
Dabei blickte er auf meine Brustwarzen, d. h. sein Blick

wanderte von den unbedeckten Brustansätzen hin zu den vom Hemd verdeckten Warzen und umkreiste ein paarmal das ganze Areal.
Hat man die denn nun gekriegt, die das gemacht haben, fragte er, und seine rechte Fußspitze wippte auf und ab, so daß die scharfe Bügelfalte in seiner Flanellhose jeweils an einer Stelle kurz über dem rotbraun glänzenden Schuh einknickte. Den Kittel trug er lässig offen, wie nur gerade übergeworfen. Meine mühsame Antwort wartete er aber nicht mehr ab, er sprach schon mit der Frau in dem Bett am Fenster.

Stehen Sie auf, laufen Sie ein bißchen rum, damit der Kreislauf nicht noch mehr absackt.
Rumlaufen. Die Beine taten weh, und wohin sollte ich laufen. Vor und zurück, zwischen Fenster und Tür. Aber am Fenster war schon das Revier der alten Frau, sie saß immer davor und sah sprachlos hinaus. Nur wenn ihre Tochter zu Besuch kam, legte sie sich aufs Bett und sagte auch mal ein paar zusammenhängende Sätze. Aus ihrer Unterhaltung schloß ich, daß sie einen Gesichtstumor hatte – entlang ihrer Nase verlief ein Buckel –, den der Arzt aber nicht ohne weiteres so bezeichnen wollte und dessen Klassifizierung, gut oder böse, nicht aus ihm herauszukriegen war. Die Frau wußte es auch so; ich sah es ihrem Gesicht an, ihren Augen vor allem. Sie hatte genug und wartete nur noch auf das Unumgängliche. Das wirkte beruhigend auf mich. Kein überflüssiges Wort, keine Geschichten, keine Annäherungsversuche. Aber etwas ging doch nicht ganz in ihrer Haltung des bloßen Abwartens auf. Sie verriet es, indem sie es mir zweimal nacherzählte, mit einem Anflug von Verwunderung und Neugier, als würde sie es gern noch einmal mitansehen. Daß ein Mann mir mit sicherem Griff die Bettpfanne untergeschoben hatte.

Als ich aus dem Bett stieg, tauchte ich erst einmal in einem schwarzen Flimmern unter. Und in der Magengegend begann eine Schraube sich loszudrehen. Zurück, hinlegen. Aber da lichtete es sich, die Schraube kam zum Stillstand, und ich besah mich im Spiegel über dem Waschbecken. Wer so aussieht, läuft nicht herum. Mir ist jedenfalls noch nie jemand begegnet, der so oder ähnlich ausgesehen hätte. Und die Beine haben auch nur eins im Sinn, mich gleich wieder hinzustrecken.
Die Frau schlurfte zur Tür und sagte: Ich geh mal ein bißchen auf dem Flur spazieren, setzen Sie sich doch ans Fenster. Aber ich wollte gar nicht dahin. Die bleiche winterliche Helle, die Betonwände. Und was sonst als Außenwelt konnte da schon sein. Langsam ging ich gegen meine Gedanken an und aufs Fenster zu. Wie durch das enge Rohr eines Trichters in umgekehrter Laufrichtung. Mein Blick mußte mit, in die Tiefe, Breite und Ferne zugleich, von dieser dreidimensionalen Schwerkraft des Außen widerwillig angezogen. Bei jeder neu in sein Feld sich schiebenden Fensterreihe machte er dennoch den Versuch, innezuhalten und sich anzuklammern. Die Trichteröffnung wurde immer breiter und umfassender, ich konnte fast die gesamte Mündung überschauen. Ausläufer des Bodens, eine Anlage mit Buschwerk und Mäuerchen, gepflasterte Wegbänder und die in einer bestimmten Höhe über ihnen schwebenden und schwankenen Köpfe und Rümpfe mit den darunter im Wechsel aufklappenden und sich überschneidenden Schenkeln der Beinscheren.
Ja, sie kommen. Sie wissen Bescheid. Eine Gruppe Schwarzer, in der gleichen auffallenden, lässig bunten Kleidung, in der sie uns gegenüberstanden. Zwei tragen Ballonmützen. Sie reden lebhaft miteinander, gestikulieren. Sie gehen dahin, wo der Eingang des Gebäudes sein muß.

Ich trat so nah an die Scheibe, daß einer der Gesichtswülste sie schon berührte und versuchte, an mir und der Mauer hinunterzublicken, senkrecht wie ein Lot. Aber ich konnte meine Augen nicht noch mehr verdrehen, dann schlug der Blick immer nur wieder auf den Wülsten auf. Ich versuchte es noch einmal ein wenig mehr seitlich, aus der Schräge. Auch das führte zu nichts. Handeln, ich mußte handeln, gegen sie alle. Die Schraube warf sich wieder an, ich mußte sie feststellen; das Herz pumpte sich am Hals hoch, bis unter die Schädeldecke jetzt. Bei jedem Schlag ein Ziepsen und Stechen. Die Schwester anklingeln. Dauert zu lange. Warum kommt kein Besuch, vielleicht kommt welcher, ist schon auf dem Flur.

Es mußte einen Umweg geben. Noch ein einziges Schlagloch, und ich steckte fest, würde aus der Qual nie wieder entlassen oder gerettet werden können. Sie stand vor mir auf. Wie eine Mauer, über die ich nie hinwegkann. Ob ich sie ansprang, mich dagegen warf, auf sie eintrat, mich an ihr hochzuhangeln versuchte. Es war so schlimm, weil noch keine Schicht wieder über mir lag. Weil die Hautfetzen noch weit auseinander klafften. Weil die Zunge noch eingerissen war.

Die Zeit heilt. Ich habe keine Zeit. Mich im Klo einschließen, gleich links neben dem Zimmer.

Die alte Frau kam wieder herein, zusammen mit ihrer Tochter und deren Mann.

Guten Tag, na, wie geht's uns denn heute.

Heute. Uns. Ich ging zu meinem Bett zurück und legte mich hin. Jetzt kam auch mein Besuch. Ich wurde so ruhig, als hätte mich jemand plötzlich umgedreht und ausgetauscht.

Ich wollte partout nicht auf der Strecke bleiben. Jede Minute und Stunde, jeden Tag, jahrein und jahraus mußte ich das im Gedächtnis behalten: werde, die du nicht bist. Es gab keinen Augenblick Erholung davon, ich durfte nicht einmal nachlassen, nachgeben, mich mir selbst und anderen überlassen. Ich mußte mich ständig selber unterkriegen, in meinen Träumen wurde ich daher geköpft und lebte ohne Kopf weiter. Unzählige Male wartete die Vollstreckung eines Todesurteils auf mich, etliche Male erschienen Bomberverbände am Nachthimmel und wollten mich zerfetzen.
Endlich aber spielten auch die Träume nicht mehr mit. Es wurde langsam manifest, daß alle einzeln niedergerungenen und abgetriebenen Momente meines Lebens heimlich in meinem Körper geblieben waren. Sie hatten sich in mir wieder zusammengerottet und sich zu einer unförmigen Masse verbunden. Kein einziger Bruchteil hatte mich je verlassen.
Und in den Nächten gewannen sie dann die Oberhand. Zwei- oder dreimal nahmen sie sogar die Form eines Wesens an, nämlich meines Todes, und stellten sich im Schlafzimmer zu Füßen meines Bettes auf, starrten mich unbewegt an und jagten mich, kaum daß ich panikartig aus dem Bett gesprungen war, durch die ganze Wohnung, bis ich Hilfe durchs Telefon rief. Gewöhnlich aber blieben sie ohne Konturen. Hielten sich amöbenhaft in bestimmten Körperregionen auf, vor allem irgendwo hinter den Kniescheiben, und verteilten sich nur, wenn ich im Dunkeln aufstand, um zum Klo zu gehen, als dickflüssiges Gift im ganzen Körper. Leichengift.

Als ich aufwachte, legte ich den Kopf aufs Radiokissen, mitten in den s-f-beat hinein.
Kung-Fu-Fighting. Danach hatten wir zum Schluß getanzt. Die Rhythmen, die sonst wie elektrische Schläge wiederbelebt und in Bewegung gebracht, oft gerade noch ein totales Erstarren verhindert hatten, rissen jetzt etwas verdeckt Zuckendes auf und rammten mich da mitten hinein. Ich richtete mich auf, das Herz schlug wild die Kehle hoch und in den Trümmerhaufen hinein. Das frisch Geschehene ließ sich einfach noch nicht handhaben, weder durch Erinnerung noch durch Verdrängung. Entweder es schlief, bewußtlos unruhig und überwältigt vom eigenen Schmerz, oder es war bei vollem Bewußtsein und überwach, wenn der Schmerz keine Ruhe und keinen Schlaf zuließ.
Ich brauchte Hilfe, wußte nicht, welche. Ich wurde gut versorgt, das Krankenhaus war erstklassig, jeder hatte es mir gesagt. Mir war nichts weiter passiert als eine Gesichtsverletzung in relativ jungem Alter. Ich würde – nach allgemeiner Erfahrung in einiger Zeit – so aussehen wie vorher. Die Statistik des Sichtbaren war unauffällig. Das Geschehene aber war schon fast vollständig zu etwas Unsichtbarem geworden, war formlos und unberechenbar. Wohin damit. Ich hatte die Dinge zu nah an mich herankommen lassen, ich hatte sie sogar in mich hereingelassen. Das war es, sie hatten mein Gehäuse zerbrochen. Nun mußte ich so zurechtkommen. Der Schatten des Unsichtbaren konnte jederzeit über mich herfallen und über mich verfügen.
Schwester, helfen Sie mir, es ist hinter mir her, es liegt mir schon schwer auf der Brust, jetzt deckt es auch alles andere zu. Es läßt mir keine Wahl. Ich kann mich nicht gegen es entscheiden.
Nach Stunden verzog es sich allmählich, eine dunkle Wand, die auf mir gelegen hatte, sich dann drohend

schwer und langsam aufrichtete und endlich aus meinem Erlebnisradius wich.
Wenigstens Till konnte ich schon wieder ein paar Worte über das unsichtbar Geschehene sagen, als er kam.
Ich glaube, ich brauche etwas gegen das Leben, wenn schon nichts gegen die Nächte hilft.
Aber was.
Ich bekam einen kleinen Recorder mit Kopfhörern und zwei Kassetten. Von da an stand ich nur noch auf, um zum Klo zu gehen. Das war es erst einmal, was mir gefehlt hatte: *Jesu, der du meine Seele* – mehr von dem Gesungenen konnte ich zunächst nicht verstehen. Es reichte schon.
Jesu, der du meine Seele. Es breitete sich wie eine Entwarnung über mich, entspannte sogar die Beine, die endlich einmal ruhig ausgestreckt blieben, und wickelte mich – immerhin sekundenlang – vollständig ein. Die Männer- und Frauenstimmen, die Chöre, die Instrumente, sie sangen und fügten etwas zusammen, in dem ich mich mühelos aufhalten konnte. Sie schritten unterschiedliche Wege ab, ansteigende, abfallende, trafen sich, gingen auseinander, schufen Spannungsfelder, lösten sie wieder auf, gingen weiter. Es war ein vollkommen neues Linien- und Flächensystem, in dem alles Ausdruck finden, also in Bewegung kommen konnte, ohne je an etwas anzustoßen, ohne aber auch je in Bereiche zu verschwinden, in die ich nicht mitgegangen wäre.
Hast durch deinen bittern Tod . . . Magiersprache, deren Grammatik ich nicht verstand. Aber Einzelnes zerging mir auf der Zunge. *Kräftiglich herausgerissen und mich solches lassen wissen.* Ich wurde inwendig ganz redselig; ich hatte Anschluß gefunden, ja, ich wurde dieser Kassetten-Kantate hörig. Sobald ich an dem Maschinchen mit den dünnen Kopfhörerkabeln hing, war ich im Gleichgewicht. Ich konnte einfach die Augen schließen,

so daß Sichtbares und Unsichtbares in angemessene Ferne rückten.

Mehrmals am Tag – *ruft mich der Höllenherr zum Streite* – ließ ich mich von der Flöte mitnehmen, die übermütig vorauseilte, um schneller – *daß ich beherzt und sieghaft sei* – anzukommen, während die Männerstimme sich noch ziemlich umständlich – *so stehet Jesus mir zur Seite* – unterwegs aufhielt. Mehrmals auch pro Tag ließ ich mich zum Schluß erlösen. Zu ahnen war es schon bei der Oboe, die mich immer an eine Frauenstimme erinnerte, gedrosselt und belegt von früherem Weinen, jetzt ausgeweint und beruhigt, eine Ausgeglichenheit mit Spuren.

Deiner Güte will ich trauen, bis ich fröhlich werde schauen dich, Herr Jesu, nach dem Streit in der süßen Ewigkeit.

Nach dem Musikbesäufnis kam der Arzt gegen Abend an mein Bett und brachte viele kleine Gummiringe mit. Er setzte sich auf den Bettrand, sah mir in den Trümmermund und machte sich umgehend daran zu schaffen. Er hatte schon mehrere Gummiringe genommen und irgendwo in meinem Kopfinnern verschwinden lassen, als ich das Gefühl bekam, er halte mit festem Griff Unter- und Oberkiefer zusammen, obwohl er weiter frei beweglich herumhantierte. Er sagte kein Wort. Ich konnte keins sagen. Dann nahm er seine Hände aus meinem Gesicht, stand auf und wandte sich zum Gehen. Mein Mund war jetzt fest verschlossen, das heißt Unter- und Oberkiefer wie mit einer Spange oder Zange rundherum zusammengepreßt. Die Zähne zusammenbeißen. Ein Gefühl unausweichlicher Enge, als sei ich in mich selber eingeschlossen und der Schlüssel mitgenommen worden. An der Tür drehte sich der Arzt lächelnd zu mir um und sagte: Gute Nacht also.

Also. Ich sollte mit dieser Umklammerung die Nacht

verbringen. Mir wurde schon wieder übel. Ich würde am eigenen Erbrochenen ersticken. Er nahm das bereits hinter den Kieferzangen abgebremste Aufstöhnen, eher ein feuchtes Zischen, zur Kenntnis.
Wenn Sie sich übergeben müssen, schneiden Sie die Gummis einfach auf.
Ich konnte es nicht begreifen. Was hatte er getan. Was war los. Er kam zurück an mein Bett und erklärte den Sachverhalt.
Die Kiefer sind geschient. Kunststoffschienen, die gleich bei der Operation eingesetzt worden sind.
Ich hatte keine Ahnung gehabt, was sich alles in meinem Kopf befand.
Daran kleine Haken, oben und unten. An denen habe ich die Gummis befestigt. Der Kiefer muß ruhiggestellt werden.
Und wie soll ich essen.
Einsaugen. Flüssiges kann durchgesogen werden.
Und wann kommt das wieder raus.
Die Gummis bleiben zwei bis drei Tage – zwei bis drei Tage – dann, wenn alles ausgerichtet ist, wird der Mund verdrahtet.
Verdrahtet.
Die Gummis werden durch Drahtschlingen ersetzt, und die dann festgezogen, damit wirklich absolute Ruhe einkehrt. Und nach sechs Wochen brauchen Sie sich nur noch einen guten Zahnarzt zu suchen.
Und wie lange bleibt der Mund zugedrahtet?
Ich sagte es doch gerade, sechs Wochen.
Als mein Besuch kam, hatte ich es noch immer nicht begriffen. Daß fortlaufend in mir etwas zusammengezwungen werden sollte, was dafür nicht bestimmt war. Eine aufgebrachte, tobende Sprachlosigkeit wollte sich die Seele aus dem Leib schreien und wurde am Ausgang, an der Schwelle zum Ausdruck immer wieder zurück-

geschickt. Ich spürte es hochkommen wie einen dicken Kloß. Zurückrutschen. Hochkommen. Und zugleich mußte ich alle meine Konzentration aufbringen, um genau das zu ignorieren. Denn ein Moment Unaufmerksamkeit, und das Gekotz würde mir zu Kopfe steigen.
Ich wälzte mich stundenlang in mir selber herum, auch im Dunkeln noch den eigenen verbarrikadierten Ausgang vor Augen und die brutale Kraft spürend, die ihn zusammenpreßte. Ich war mir schon jetzt zu eng, und es kam durch all die Schwellungen, Verschleimungen und Wände auch nicht genug Luft in mein Verlies. Bis ich mit einem Mann in einem Restaurant sitze und alles wie in Friedenszeiten ist. Wir essen, reden, trinken aus Gläsern. Plötzlich zerbreche ich, Wange und Kiefer splittern nur so weg. Ich fasse in lauter winzige Scherben hauchdünnen Glases, fast sind es Schuppen, und sehe zugleich bis in den Mittelpunkt meines Kopfes. Der Mann sagt: Das wußte ich gar nicht, daß sie dich mit Glas repariert haben. Und ich hatte es auch nicht gewußt.
Wenig später lag ich auf dem Steinfußboden eines Raumes. Er ist meinem Körper genau angemessen. Die Dekke befindet sich unmittelbar über mir, die Seitenwände stoßen an die ausgestreckten Arme. Es ist vollkommen dunkel und ich kann einfach nicht aufwachen und die Luft ist so eng, daß der Schrei, der die ganze Zeit schon aus mir herauswill, zwischen den Lippen stecken bleibt und da weder vor noch zurück kann.
Am nächsten Morgen sagte ich dem Arzt, daß ich es nicht aushalten würde. Er lächelte und sagte: Was denken Sie, wieviele das schon ausgehalten haben. Sie sind doch ein sportlicher Typ.
Aber mir wird ständig übel.
Sie kriegen dann eine Drahtschere, die tragen Sie immer bei sich.

Ich war lange nicht mehr auf einer Autobahn gewesen. Alle paar Meter ein frisch zermatschtes Tier. Meistens hatte es sie schon am äußeren Rand des Asphaltstreifens erwischt. Igel, Kaninchen, auch Katzen, andere Tiere, die ich nicht identifizieren konnte. Kleine Häufchen aus aufgerissenem Fell und herausquellenden Innereien und Blutmatsch. Oder plattgewalzte, plattgefetzte Reste von Tieren, Krusten; das getrocknete, ausgewalzte Blut schon kaum noch eine Farbe, schon gar nicht mehr rot. Vogelgefieder, ganze ausgebreitete, geplättete Schwingen, zerknickte einzelne Federn auch. Palimpsest. Wenn sie nicht weggeräumt würden oder verwitterten, läge da schon Schicht auf Schicht totgefahrener, totgeklatschter Tiere. Ein stündlicher, minütlicher, sekündlicher Krieg, ein Ausrottungsprogramm, das läuft wie geschmiert. Du wirst meine Seele nicht dem Tode lassen und nicht zugeben, daß dein Heiliger verwese. Jedes tote Tier auf der Straße mußte ich in mir selber begraben, keins konnte ich auslassen. Auch wenn sie noch so zahlreich und übersehbar schnell an mir vorbeiflitzten, oder wir an ihnen. Zum Schluß, als wir abends in Bozen ankamen, war ich ein einziges großes Massengrab. Die Blätter der Kastanien waren hier schon raus, bildeten ein Laubdach, unter dem wir fuhren. Ich aber hatte nicht einmal mehr eine hauchdünne Gewebeschicht, um sie über die vielen Toten zu legen, über die Berge von Matsch, Brei, Federn und Fellfetzen. Sie lagen so hochaufgetürmt in meinem Körper, Schicht auf Schicht, Stück auf Stück, daß sie sogar im Hals und Schädel steckten und meine Schädeldecke sich gehoben hatte, damit noch etwas mehr Platz geschaffen würde.

Die Schwellungen gingen zurück, die Fäden wurden gezogen. Ich saß auf dem Stuhl in der Ambulanz und wußte, daß es jetzt darauf ankam, mich in Schach zu halten. Vor Anstrengung schwitzte ich; der Schweiß lief aus den Achselhöhlen am Körper herunter. Der Arzt sagte: Es kann losgehen. Die Schwester spreizte meine Lippen auseinander und klappte sie nach oben und unten weg. Während der Arzt die Gummis entfernte, fluchte er über die Essensreste hinter den Zähnen. Dann sagte er, eine Schwester solle mich von nun an gefälligst jeden Tag zur Munddusche bringen.

Munddusche. Es war klar, er machte sich die Hände an mir schmutzig. Ich dachte an meine klebrigen ungewaschenen Haare, den an den Ärmeln angeschmuddelten Bademantel, den Schweiß, der an mir herunterrann. Aber vor irgendetwas mußte ich kapitulieren, innen und außen zugleich besiegen ging einfach nicht. Er kümmerte sich nicht weiter um mich. Er ging vollständig auf im Herumfingern und Drahtschlingenlegen. Mit einer richtigen Zange drehte und zog er die Enden fest. Ich spürte seine Geschicklichkeit und fingerfertige Erfahrung bei jedem Griff, bei jeder Wendung seines Kopfes. Während das Vergittern und Verschließen meiner ganz ins Innere abgedrängten Existenz voranschritt und schließlich vollendet war.

Das versiegelte Innere aber wurde langsam verrückt. Ich mußte genau aufpassen, um es niederzuhalten. Um das hinzukriegen, lag ich die meiste Zeit still im Bett. Die Schere neben mir auf dem Nachtschrank. Mein Essen bestand aus dick- und dünnflüssigen Getränken, mal warm, mal kalt, die ich von Löffeln durch die zusammengepreßten Zähne und Schienen ansaugen mußte. Schon ein halbes Reiskorn wäre nicht durchgekommen. Ich hatte es jedesmal schnell satt.

Die Drahtenden und Schienenhöcker begannen, in die

Innenseiten der Wangen zu schneiden. Die Stellen entzündeten sich. In der Ambulanz feilten und reparierten sie fast täglich an der Verdrahtung herum. Stundenlang und immer wieder. Ist es so besser, wo tut's denn weh. Dabei konnte ich die Stellen gar nicht orten. Ich wußte auch nicht, ob es schmerzte oder ob ich nicht eigentlich selber das Messer war, das immerzu ins Fleisch schnitt.
Jedesmal, wenn ich die Ambulanz verließ, war ich die Verliererin. Auch die freundlichen Worte der Schwester und daß sie mich zur Tür begleitete, täuschten nicht darüber hinweg. Im Gegenteil. Und der Arzt flirtete die ganze Zeit mit der Sprechstundenhilfe, während er mich bearbeitete.
Ich ging dann durch die langen neonbeleuchteten Flure mit den niedrigen Decken bis zu meinem Zimmer, mit einem einzigen übriggebliebenen Antrieb, mich von diesem wüsten, schwergewichtigen Objekt Kopf zu entlasten. Als der bestmögliche Zustand erwies sich nach wie vor der, in dem ich mich nicht rührte, einfach nur dalag, und auch kein Besuch mich behelligte.
Es wurde aber eine dritte Frau ins Zimmer gebracht, eine kleine bucklige alte aus einem Heim, deren Gesicht vom Tumor schon ganz schiefgewachsen war. Eine Schwester mußte ihr vor der Operation den winzigen Haardutt abschneiden, weil er ein einziges verfilztes und verklebtes Gewölle war. Nach zwei Tagen im Bett begann sie durchzudrehen. Sie wanderte nachts im Zimmer herum, öffnete die Spinde und räumte sie aus, sprach mit vielen verschiedenen Menschen, die alle mal in ihrem Leben vorgekommen sein mußten, stritt mit einigen, säuselte anderen etwas vor. Mehrmals kam sie an mein Bett und sprach mich an als jemand, mit dem sie anscheinend lange zusammengearbeitet und viel Ärger gehabt hatte. Ich solle jetzt endlich auch mal das Zuckerregal auffüllen, nicht immer nur sie. Ob ich reagierte oder

nicht, sie hielt zäh an ihrem Bild von mir fest und versuchte wiederholt, mit ihren ausgedörrten Händen erst in mein Gesicht zu langen und sich dann mit ihnen, wie mit aufgeregten Fledermausflügeln, in meinen Haaren festzuhaken.
Einige Tage später wurde ich mit der Auflage, mindestens einmal pro Woche zur Untersuchung in die Ambulanz zu kommen, nach Hause entlassen. Die Schere durfte ich nicht mitnehmen.

Ich ging in die dunkle Wohnung hinein wie in eine zu geräumige, überdachte Sackgasse, die ganz für mich allein reserviert war. Es war so still, als sei dem Hof und den angrenzenden Wohnungen ein absolutes Geräuschverbot auferlegt worden. Die schwarzen Äste des Ahornbaums vor dem Küchenfenster rührten sich nicht. Nur der Wasserhahn tropfte in das dünnwandige Edelstahlbecken, und unter meinen Schritten knackte und ächzte das ausgeleierte Parkett.
Nachdem ich mir die Nagelschere aus dem Badezimmer geholt hatte, legte ich mich aufs Bett in der fast lichtlosen Ecke des Berliner Zimmers. Unter der Decke rollte ich mich auf den kleinsten Nenner zusammen und schlief ein.

In der Mitte auf dem Hof drei oder vier größere Verschläge. Damit man besser hineinsehen kann direkt auf dem Boden, nach oben mit einem Maschendrahtgeviert abgedeckt. Aber nichts in ihnen außer ein paar aufgestellten verzweigten Stämmen. – Doch. Von ganz oben auf einem dieser Äste unmittelbar unterm Maschendrahtgeflecht, vielleicht schon ihn berührend, sehen mich zwei kreisrunde grüne Augen aus einem warzig genopp-

ten zähledrigfaltigen Echsenkopf unverwandt an. Punktpupille umgeben von sich exakt abzeichnenden grasgrünen Ringen. Wie die alten Ofenherdplatten, die man Ring um Ring rausnehmen konnte, um ans Feuer zu gelangen. Augen und Körper von demselben matten künstlich-giftigen Grün. Die Augen glatt gewölbt, wie einzelne Tonmurmeln, die Kinder draußen vergaßen und deren Glanzschicht durch Witterung und Regen verlorenging. Das ganze Tier stumpf, undurchsichtig auf immer und ewig. Ich fühle mich ertappt, hintergangen, erwischt. Schaue dem Tier in die Punkte, aber die sind hart und nadelspitz. Es läßt mich nicht aus den Augen. Ich bin im Bann, ich kann mich nicht bewegen, schon gar nicht weggehen. Wie es da den Stamm umklammert, mit allen vier Echsenbeinhänden, babyhafte Falten an den tapsigen Füßen. Der Ast ist genauso dick wie sein Körper. Er ist einfach alles, der übriggebliebene Rest der Welt. Es geht nur noch darum, sich festzuklammern und zu kucken.

Ich verlor schnell an Gewicht und hatte ständig Durst. Ich war eine gegen die Oase abgeschottete Wüste geworden. Einmal den Mund aufreißen und von Flüssigem durch- und überspült werden, die Sackgasse aufsprengen, den Hinterhof, den Stadtring. Zerbersten, durchatmen, ins offene Steinmeer schwimmen und da ertrinken.

Es klingelte tagsüber an der Wohnungstür, und ich wartete mit schlagendem Herzen darauf, was als nächstes passieren würde, ohne daß ich mich von der Stelle rührte. Bis sich Schritte entfernten.

Ich setzte mich immer so, daß ich die Türen im Blickfeld hatte. Wenigstens sollte das Eindringende keine

Überraschung sein. Wenn ich durch die Wohnung ging, war häufig ein Schatten da, der in rascher Folge sich mir zur Seite stellte und wieder verschwand, sobald ich mich ihm voll zuwendete. Dasselbe machte er, wenn ich zu lesen versuchte. Meistens kam er von hinten links.
Ich ging selten auf die Straße, und das nur tagsüber und in Begleitung. Auch dann noch hatte ich das Bedürfnis, rundum mit Augen bestückt zu sein. Ich rechnete ständig mit Unberechenbarem, das mir oder meiner Begleitung geschehen würde. Ein Schlag auf den Hinterkopf, ein in den Rücken sich rammendes Messer. Es sollte aber auf gar keinen Fall unvorhergesehen passieren. Ich mußte es wissen. Deshalb drehte ich alle paar Schritte den Kopf.
Vor dem dritten Ambulanztermin war ich entschlossen, wieder normal zu werden. Zwar vermied ich weiterhin, den inzwischen reparierten und auf der Straße geparkten VW genauer anzusehen, und Einsteigen und Fahren kamen überhaupt nicht in Frage. Aber U-Bahn und Bus fahren waren schon wieder vorstellbar.
Auf der Rückfahrt vom Krankenhaus – ich war erst eine Station weit gekommen – saß ich am Ende einer Längsbank. Als der Zug hielt, hob ich kaum den Kopf. Aber dann wurde die gegenüberliegende Tür geöffnet und eine lärmende Masse umringte mich. Noch weiter schrumpfen, noch starrer werden konnte ich nicht. Etliche setzten sich gegenüber auf die Bank, einige rechts neben mich. Andere standen vor mir, ausladende und schwere, in frisch gebügelten Campuniformen steckende Körper. Einer trat mir mit seinen wadenhohen Schnürstiefeln auf die Fußspitzen, ohne es zu bemerken. Auch links neben mir standen sie, beugten sich lachend über die Trennwand. Ich konnte nichts anderes mehr sehen. Nur ihre eingepackten Körper, die meinen schon teilweise berührten, ihre Gesichter unter den grünlichen Schirmmützen. Einer sagte etwas über meine Haarfarbe.

Die anderen grölten als Antwort auf. Mein Gebiß schien ihnen entgegen zu wachsen.
Sie müssen schon ein bißchen aufpassen, möglichst nirgends anstoßen. Sonst geht das Ganze nochmal von vorne los.
Ihre Ellbogen waren meinem Kopf sehr nah. Jetzt lachte der eine mich voll an und fragte etwas. Ich spürte, wie meine Lippen zu beben anfingen und konzentrierte mich darauf, daß sie über dem vorstehenden Schienen- und Drahtapparat einigermaßen geschlossen blieben. Eine Ewigkeit Fahrt zwischen zwei Stationen. Wie konnten soviel Schweigen und soviel Lärm unmittelbar nebeneinander so lange bestehen und voneinander nichts hören. Der Zug hielt, sie schoben und drängelten zur Tür und auf den Bahnsteig. Von dort winkten mir zwei noch zu.
Mir war schon wieder nichts passiert.
Irgendwann wurden die Drähte entfernt, die Schienen aber noch für weitere zwei Wochen im Mund gelassen. Zur Beobachtung und für alle Fälle. Die Erleichterung, auf die ich die ganze Zeit gewartet hatte, stellte sich nicht mehr ein. Den Mund konnte ich wieder aufmachen, aber genau das versuchte ich zu vermeiden, denn es war, als müßte ich Steine auseinanderstemmen.
Der letzte Ambulanztermin kam näher.
Die Lehne des Behandlungsstuhls wurde weit zurückgekippt, und auf dem Schwenktischchen waren die Instrumente übereinander gestapelt. Ich hatte es mir schon gedacht. Für eine Stunde oder länger war mein Kopf Baustelle. Stück für Stück wurden die Kunststoffschienen angebohrt und gesprengt. Es wurde gehebelt, gemeißelt, gehämmert und weggestemmt. Die Schwester hielt mal meinen Kopf, mal den linken Arm fest. Splitter flogen umher, bis zu meinen Augenbrauen und in die Haare.

Jetzt dauert es nicht mehr lange.
Bagger und Planierraupen schienen sich durch das Kopfgelände zu schieben und zu wühlen. Balken krachten, Decken stürzten ein, Halterungen barsten und zersplitterten. Die Instrumente, hart und kräftig angesetzt, rutschten ab ins Weiche. Mal innen, mal außen. Blut, Wasser, Materialbrocken. Das Gaumensegel schien zu reißen, und das Gaumenbein war vielleicht schon durchstoßen.
Der Arzt lehnte sich zurück und sagte: So, das war's. Er hatte Schweißperlen auf der Stirn. Die Schwester wischte an meinem Gesicht herum, tupfte Blut von den Lippen. Streichelte über meine in der Lehne verkrallte linke Hand.
Der Arzt hatte sich die Hände gewaschen und betastete jetzt den Zahn, den er irgendwo noch gefunden und bei der Operation mit einem Stift eingesetzt hatte.
Er ist noch locker, aber vielleicht haben wir Glück.
Dann nahm er die untere Zahnreihe über der Bruchstelle zwischen seine Finger und bewegte sie wie einen in Butter eingelassenen Minizaun hin und her.
Was ist damit, fragte ich ihn, nachdem er keine Anstalten machte, darüber ein Wort zu verlieren.
Tja, wenn man das wüßte. Vielleicht wachsen sie wieder an, vielleicht nicht.
Und wann stellt sich das heraus.
Das weiß keiner. Nach ein paar Wochen, nach ein paar Monaten. Das hängt ganz davon ab.
Er grinste. Ihr Zahnarzt wird's schon merken.
Ich verabschiedete mich, sagte hohl Vielen Dank und ging zum Taxistand.
Ich versteh euch nicht, ich hab nicht den leisesten Schimmer, wie ihr was macht. Ich weiß aber ganz genau, daß ihr alle so weit seid, daß ihr nur noch auf das Kommando, das letzte wartet. Ihr seid alle schlacht- und

schlächterreif. Über euch wölbt sich nichts mehr außer der vernebelten Erwartung des Kommandos. Ihr seid die ganze Zeit schon bereit, ihr seid an eurem und aller anderen Ende angekommen.

Ich kam vom Einkaufen zurück, es regnete, die Sechs-Uhr-Glocken läuteten, nein, bimmelten schrill. Schon winterliche Dunkelheit. Ich trat in den zweiten inneren Hof. Wieder Bleiglanz auf allem, auch auf dem letzten toten Laub an den Bäumen. Diese Bäume, diese scheinbare Idylle, die nur die letzte Ruhestatt anzeigt. Hinter mir der abendliche Verkehrslärm der Straße. Das regennasse Pflaster macht alles noch schlimmer. Vor mir der Hof, kein Mensch, kein Kind, durch die Fenster fällt Licht auf das nasse Laub, auf die geparkten Autos. Ich mache Bogen um die großen Pfützen, gehe in den stockdunklen Eingang zum Fahrstuhl. Darin das immer trübe Licht. Die Welt ist hier im Innersten schon ausgestorben; einzig draußen an den Rändern der Lärm der Todesmaschinerie, den man hier nur noch sehr gedämpft hört. Niemand scheint mehr in diesem riesigen Gebäude zu sein, die hohen Etagen vollkommen still.
Ich bin oft über diesen Hinterhof gegangen, die Bäume stehen da, als hätte man sie vergessen; ein Ruinengrundstück, das noch nicht bereinigt wurde. Die würgende Traurigkeit so oft, die Schmerzzustände, die Erstarrungen, die simple Langeweile Schritt um Schritt zu tun, und die immer wieder auftauchende Unruhe, die Jagd, der Griff nach der Kehle, enger und enger.
So möchte ich nicht mehr durch Räume oder zu Gebäuden hingehen müssen. Irgendwas von mir liegt da be-

graben, ist schon vermodert und endgültig dahin. Hinter dem Gebäude mit den Büroräumen im vierten Stock eine Schule. Wo waren die Kinder während der ganzen Jahre, das Klingelzeichen zur Pause, das Singen im Musikunterricht. Und hinter der Schule. Absolut nichts mehr vorstellbar. Nur Zuheit, Schluß, Ende. Eine Mauer hinter und vor der anderen.
Ich habe hier – regelmäßig während der letzten Wochen, wo nur Regen und Dunkelheit herrschten – meine Schritte gehört, wenn ich über den Hof ging, den Bleiglanz auf allem liegen sehen, als läge er zum Schluß über meinen eigenen Augen. Ich habe mich mühsam da hindurchbewegt, wo eigentlich nichts sich bewegen sollte; ich hatte mehrere Male dabei den Eindruck, daß die Welt insgesamt, wie dieser Innenhof, menschenleer sei, verraten und verkauft.
Es gibt Reste von Leben, aber die winden sich beschwerlich dahin und haben miteinander ohnehin nichts zu tun.
Irgendwie bin ich vergessen worden bei einer schon gelaufenen Flucht- oder sonstwas Aktion.

3

Tag und Nacht

1.

Ein paar Tage lang, Morgen und Abende, flogen die Flugzeuge andere Routen und Höhen als sonst. Nicht mehr das lautlose langsame Vorübergleiten in großer Höhe, durch die Spitzen der Pappeln hier vom Fenster aus gesehen; oft war ich, aus dem Augenwinkel, nur aufmerksam auf sie geworden wegen des Gleichmaßes der Bewegung: kein Flügelschlag, kein Schneller- oder Langsamerwerden, keine Kurve, kein Abzweig. Letzte Woche war auf einmal alles anders.

Ab sieben Uhr morgens donnerten und dröhnten sie durch meinen Schlaf und meine Träume, alle zwei bis drei Minuten. Walzten die Luft um sich weg, zerrissen und zerhackten sie, machten klar, daß es keine Räume mehr gibt, kleine nicht und große nicht, also auch keine Dächer und Mauern, sondern nur noch ein trudelndes Überall.

Ich wachte auf davon, daß diese noch ferne, aber schon aus der Ferne nah drohende Lärmwoge sich stetig näherte, eine vom ganzen Raum Besitz ergreifende Woge. Die wie eine Weltwand ankommt. Alles ausfüllt, mitnimmt, wegspült, was in der Ferne denkbar und vorstellbar und ahnbar war. Züge, Autos, Hundebellen. Als sie unser Haus überflutet, hat sie mich schon zermatscht, alles abgedeckt, entkleidet, enthäutet. Den Kopf einziehen, dieser letzte Fluchtversuch wird einfach durchschnitten. Je schneller der Schnitt, desto schmerzloser. Die Woge entfernt sich, in einen unendlichen Raum unaufhaltsam vordringend, stoßend, sich wälzend. Dröhnend, ein orgelnder Widerhall, Strudel und Wirbel zurücklassend, einen wunden, weitaufgerissenen Sog. Gewaltsam gebohrte Lufttunnel, die polternd und krachend und verletzt ächzend einstürzen; Lufttrümmer. Aber verglichen mit dem, was von dieser Woge in Permanenz neu erzeugt wird, sind die zurückbleibenden, gewittrig verklingenden Lärmcluster nahezu versöhnliche, auf ein fast menschliches Maß gebrachte Klagetöne. Etwas ist kaputt, zerfetzt, vorbei, geschehen. Der Raum hingegen, den dieses Ding vor sich, um sich herum dauernd weiter erobert, um ihn zu erledigen, der hört sich gräßlich an. Was da geschieht, dahin reicht kein Erleben und keine Sprache. Da müßte der zerfetzte Raum schon selber sprechen. Nach dieser Art von Gewalt bleibt aber nichts mehr zu sagen. Da werden Lärm und Verstummen und absolute Sprach- und Tonlosigkeit eins.

Das Flugzeug bohrt sich in ihn vor, egal, ob da Wege und Tunnel existieren oder nicht. Winde, Ströme, Wolken und Luftschichten unterschiedlicher Konsistenz, Regen, Hagel, Schnee, Gewitter, Sonnenauf- und untergänge gibt es nicht. Dafür aber schießt das Ding voran, wühlt und bohrt sich in die Luft ein, die dehnt und dehnt sich, wird weiter und weiter ausgehöhlt, ein riesiger aufgeblasener Bauch jetzt, und immer noch drückt und bohrt der eiserne Rumpf sich unbeirrt und stetig durch. Und wird so weitermachen; warum, wohin, wieso – spielt alles keine Rolle. Die mühsame Ausdehnung des Luftbauches, die schmerzhafte Erweiterung hat sich nicht gelohnt. Das Gewebe zerreißt, zerfetzt fasrig in alle Richtungen, macht endgültig Platz. Zurück bleibt diese Wunde, eine Wunde an der anderen, Wundenkette, ein einziges aufstöhnendes und röhrendes Trümmerfeld, über das noch der wild auforgelnde und dann verebbende Widerhall der hinterbliebenen Strudel und Wirbel hinwegschwappt.

Weit weg jetzt schon. Ich liege im Bett, meine Ohren kehren erst allmählich wieder zurück zu mir, unter die Decke. Sie wissen Bescheid. Trotzdem: Erholung, Ausruhen, Schlaf – nichts anderes können wir mehr wollen. Und noch beim Nach- und Hinterherdenken und nur sehr zögernden Wiederwegdämmern kündigt sich die nächste Woge an; wieviel Zeit ist seit der ersten vergangen, zwei Minuten oder drei oder gar vier. Meine Ohren hält nichts mehr. Sie sitzen senkrecht auf der höchsten Alarmstufe. Mir wäre ja alles egal, wenn sie nur aufhörten zu hören. Wieder diese Wunden, wieder dieses durch alles Hindurchorgeln und Fetzen. Einige Augenblicke dröhnt die Woge rasend nah an mir entlang, als wolle sie auch da noch durch, spült an die Membran, zwängt und drückt sich darein, aber schafft es diesmal nicht. Beim nächsten Mal wird mir das Blut aus den Ohren laufen.

So geht das. Alle paar Minuten, bis in die Dunkelheit spät abends. Flut und Ebbe, Flut und Ebbe, Ebbe und Flut, Flutebbeflut. Die Abstände so gering, daß ich nicht mehr weiß, ist das noch Ebbe oder die schon wieder einsetzende Flut.

2.

In meinem Bett schlief er schon. Ich wußte, er war so erschöpft, daß er nicht merken würde, wenn ich mich später dazulegte. Ich setzte mich ins andere Zimmer und versuchte zu lesen. Ich würde noch stundenlang nicht einschlafen können, so wach war ich. Aber lesen ging nicht, weil ich laufend den Wahnsinn der unteren Etage zu entziffern versuchte. Also saß ich nur da und starrte vor mich hin. Der Tageslärm war vorbei. Die Gasheizung endlich stumm, der Nachbar hörte nicht mehr Bob Dylan, und es gab im ganzen Land kein Fernsehprogramm mehr. Nur der Kühlschrank surrte vor sich hin. Ich wußte, daß der Wahnsinn der unteren Etage auf der Lauer lag; er war überwach, obwohl seine Teilhaber steif im Bett lagen und sogar das Licht schon ausgeknipst hatten.

Was konnte ich tun.

Ich entschloß mich, obwohl hellwach, zu Bett zu gehen. Wenigstens lag da ein warmer, schwerer, sympathischer Körper, der sich manchmal sogar in tiefstem Schlaf und tiefster Bewußtlosigkeit noch an mich schmiegte. Ich richtete mich auf dem schmalen Terrain unter der Decke ein; zuerst versuchte ich's auf dem Rücken.

Arme und Beine sind ganz schwer. Ich bin vollkommen ruhig. Aber der Trick hat noch nie funktioniert. Also einfach daliegen und warten. Das wird in Rückenlage schnell unerträglich. Ich drehe mich auf die Seite, Herzseite, weg vom anderen Körper. So werde ich jetzt liegenbleiben. Nach wenigen Minuten ist das quälende Unmöglichkeit. Der Arm, auf dem ich zur Hälfte liege, tut weh. Ich ziehe ihn unter mir hervor, da tut mir aber sofort der Hüftknochen weh. Das heißt, eigentlich ist es kein richtiges Wehtun. Eher ein Reißen und Zerren, von einem unauffindbaren Zentrum her, ein Dehnen und Überdehnen, das immer dann ins Bewußtsein schießt, wenn der entsprechende Körperteil mit dem Bettlaken oder auch mit bestimmten Stellen des Kopfkissens in Berührung kommt. Alles wird sehr bald – jeweils nach Sekunden – unerträglich. Was zur Folge hat, daß ich nun wie ein Brathähnchen permanent rotiere. Unhaltbar.

Ich stehe auf, gehe aufs Klo, dann in die Küche und schlucke die überstürzt ins Glas geperlten Baldriantropfen. Lege mich wieder in die Gruft. Da fliegt in der unteren Etage die Schlafzimmertür auf. Der abrupte Luftschwall, die Druckwelle fährt mir bis unter die Haut. Der Wahnsinn ist also geplatzt. Die Lauer ist vorbei. Ein paar fauchend sich herausstoßende Sätze – von welchem der Kontrahenten, weiblich oder männlich? Dann, über den gefliesten Flur in die Küche, schnelle entschlossene kleine Schritte. Weiblich also. Die Wasserleitung quietscht auf.

Nun sitzt sie da und schneuzt sich und hustet im Wechsel, eine Stunde, zwei Stunden, drei. Ihr Herz rast, die Tränendrüsen laufen über. Immer wieder und wieder der eine Tropfen, der sie zum Überlaufen bringt.

Ausgekippt aus dem Dunkel des Wegseins liege ich auf einmal wieder hellwach. Habe ich geschlafen, wie lange, wann bin ich denn eingeschlafen. Sitzt sie noch unten in der Küche. Schneuzen, Husten? Ich gehe aus dem Zimmer und sehe auf die Uhr. Vier. Lege mich gleich wieder hin. Die untere Etage ist tot vor Erschöpfung, absolut still. Ich liege auch absolut still. Wie heimlich angefaßt wird jetzt auch er wach. Als rührte einer mit eisernem Löffel die Welt um. Woran denkst du? Ein Taxi tuckert heran, wird langsamer, bleibt stehen. Aus. Der Nachbar mit dem ordentlichen Garten. Ich denke, wie müde der

jetzt in sein Bett steigt. Ich beneide ihn. Dieses Sichausstrecken, dieses Hinübergleiten in die allergrößte Gewißheit. Ich stelle mir den Geruch seines Bettzeugs vor, das er immer im Garten aufhängt. Der Junggeselle. Vermißt er nie einen anderen Menschen in seinem Haus. Ich habe ihn immer nur allein gesehen. Ich möchte auch ein Taxifahrer sein, mich ins Bett legen können und wissen, daß morgen wieder ein Tag ist.
Wird es dämmrig oder hat mein Auge sich nur Wege durch die Dunkelheit gebahnt? Ein Zug fährt durch. Güterzug um diese Zeit. Die Fensterrahmen schlagen rhythmisch aneinander. Vorbei. Und das? Mein Gehör eine weitausgestreckte Antenne, bereit, die empfindlichsten Töne weiterzuleiten. Ja, der übliche erste Vogel, noch halb im Schlaf, verschwommen, als ob er hinter dikken Gardinen im Nest oder im Baum säße. Andere wachen auf, warten sein Signal ab, antworten dann mal umständlich verschnörkelt leise, mal kurz angebunden und laut und schrill.
Einmal noch drückt mich etwas ungefähr einen Millimeter aus den Schlafgleisen, läßt mich kurz neben mir selber herlaufen, aber auch das schon nicht mehr ganz ernst. Ich sehe noch durch die geschlossenen Lider, es ist ja schon ganz hell. Wenn der Tag wüßte, wie gleichgültig er mir ist. Die untere Etage und der Wahnsinn, war das gestern, eben, vor hundert Jahren? Der Körper neben mir, ja schön, aber ohne ihn wäre es jetzt dasselbe. Die Erlösung macht sich über mich her. Die Glieder schweben schon zu nichts mehr gehörig dahin. Gute Nacht, greller Tag. Ohne mich. Endlich.

3.

Noch bevor ich aufwache, habe ich es schon im Gefühl, das Kommende: diese, ihrem Wesen nach gewalttätige, Annäherung, die mich daran hindert, länger im Zustand jener Schädel- und Skelettlosigkeit zu verharren.
Der Zustand ist verbunden mit Bewegungen, die nirgends anecken, mit Lichtverhältnissen, in denen es keine Trennung zwischen Hell und Dunkel gibt, mit Tönen ohne Leitern, und Farben, die ständig ineinander übergehen, so daß ich erst gar nicht darauf komme, sie zu benennen. Das Beste an ihm aber ist seine Gesichtslosigkeit und die vollkommene Abwesenheit von Gedanken. Weder Straßen noch Grenzen durchziehen ihn, er hat keine Mauern und Dächer und keine separaten Organe mit Einzelfunktionen.
Es ist nicht so, daß das Kommende den Zustand sogleich auslöscht, vielmehr, weil es sich einigermaßen allmählich nähert, läßt es mir immer noch die Möglichkeit, mich auf es einzustellen. Nur muß man wissen, daß es eigentlich zwischen dem Zustand und dem Kommenden keinen Übergang gibt, keine Dämmerung und keine Versöhnung. Und so ist das Kommende von seinen ersten wahrnehmbaren Anzeichen an genau die Ungeheuerlichkeit, als die es sich etwas später ohnehin deutlich zu erkennen gibt: der neue Tag.

Zuerst spüre ich die Annäherung dadurch, daß ich mich tief gestört und unzumutbar enttäuscht fühle, und zwar noch mitten in dem anderen Zustand, als könne er etwas dafür. Könnte ich reden, würde ich sicherlich sagen: Muß das sein. Aber genau das beweist ja, daß es sein muß und daß das Kommende nicht mit sich reden läßt. Zudem geht es einher mit Geräuschen aller Art: sich an-

werfende Heizung, Straßenverkehr, Vogelstimmen, Toilettenspülungen, an Höhe verlierende Flugzeuge.
Dann allmählich komme ich auch auf den Boden der Tatsachen, also zu mir. Da sind wieder – in aller Deutlichkeit – Kopf und gekrümmter Rücken, Arme und Beine und die über mich als Ganzes sich spannende Haut. Wenn ich das wieder weiß, ist der tägliche Krisenhöhepunkt auch schon fast erreicht. Denn noch handle ich ja nicht, noch fühle und denke ich nur, vor und zurück und voraus und hinterher. Alles ist wieder da und wirft sich selbst an und läuft und funktioniert reibungslos: der Zustand der Welt zum Beispiel, mein Zustand, der unterschiedliche Zustand meiner Geliebten, der Arbeitsmarkt, die auslaufende Zeit, die Erschöpfung der Ressourcen. Auch kehrt kein fehlender Zahn zurück, und die Zeiten der Schönheit sind vorbei, des Lebens, des Körpers, des Denkens und Fühlens. Und jetzt noch die Versäumnisse, Tränensäcke, Schlaffheiten und Unfähigkeiten: Da donnert es heran, ein Konstrukt von unmenschlichen Ausmaßen. Ein riesiger Flugkörper, in dem alles schon Gedachte und Geschehene und geahnt Undenkbare Platz hat. Ein schwergewichtiges stählernes Gebilde mit platter Unterseite auf der allmorgendlichen Umlaufbahn.
Ich weiß aus Erfahrung, daß es auf Bruchteile von Sekunden ankommt. Ich muß mich aufraffen und losreißen; wenn ich es jetzt nicht tue, ist die einzige Chance, die ich habe, verpaßt, und der Tag rollt über mich hinweg und läßt mich plattgewalzt und entsaftet zurück. Also bäume ich mich auf, denn ich muß wenigstens so hoch kommen, daß meine Hände die Unterseite des Tagesgebildes erreichen können. Mit einer Brutalität, die mich selbst immer wieder erstaunt, versetze ich dem anderen Zustand noch schnell einen gewaltigen, nicht wieder gutzumachenden Stoß, meist mit dem linken Fuß, denn freiwillig verschwindet er nie, und beginne dabei schon mit

dem Oberkörper zu rudern, um nur ja im richtigen Moment – und das ist nur ein einziger – die Arme hochwerfen zu können. Ein bestimmter Luftzug nun, ein ganz genau gekannter Lärmpegel und da – ja – ich hänge fest, vielmehr die Hände halten sich daran fest. Noch eine weitere gewaltige Anstrengung – mit Schwung, wie am Reck, schleudere ich meinen Körper gegen die platte Fläche über mir; es knallt und klatscht und ruckt und quietscht. Eine ganze Weile halten das Herzklopfen und der Schnappatem an, aber ich habe es geschafft. Der Tag nimmt jetzt Kurs auf eine Gerade. Ich ruhe einen Augenblick in der Unruhe aus, es hat wieder mal geklappt. Ich bin an der richtigen Stelle eingerastet und habe mich vorschriftsmäßig eingelassen, verankert und vernietet.

Und dann geht es auch nur noch um die üblichen Routinefragen: wie wird das Wetter heute, woher kriege ich Geld, muß ich schon wieder die Haare waschen, wird mein Geliebter heute besserer Laune sein, soll ich mir eine Zeitung kaufen oder lieber nicht. Es ist allerdings auch schon passiert – sogar häufiger –, daß ich im Lauf des Tages runtergefallen bin. Manchmal, weil ich offenbar doch nicht präzise eingerastet war; manchmal aber versagt auch die Technik. Obwohl ich alles richtig gemacht habe, lockert sich etwas am Tagesgebilde, ein Schräubchen oder gar die ganze Halterung. Das ist fast noch schwerer zu verkraften, als wenn ich den Anschluß von vornherein verpasse. In diesem Fall nämlich betrachte ich mich einfach als krank und werde dann auch von anderen so gesehen; in jenem aber falle ich ja einfach irgendwo hin, das kann zum Beispiel mitten in der Stadt sein oder in einem Wagen der U-Bahn oder im Bus; was dann sehr unangenehm und qualvoll ist, weil ich immer noch nicht gelernt habe, mich mitten in der Stadt, auf einer Kreuzung etwa, in der U-Bahn oder im

Bus einfach auszustrecken und mich so mir selbst und allem anderen zu überlassen.
Das Fürchterlichste aber tritt ein, wenn ich den Anschluß regelrecht verschlafen habe, was höchstens zwei- bis dreimal pro Jahr vorkommt. Eine größere Häufigkeit wäre wohl auch nicht zu verkraften. Dann wache ich auf und merke schon an der Art, wie dies geschieht, daß der Zug abgefahren ist. Daraufhin setzt ein Kampf ein, der Stunden dauert, und zwar darum, ob ich nun in den alten Zustand zurückkann oder nicht. Wenn dieser Kampf entschieden ist, natürlich grundsätzlich negativ, fängt die noch härtere Arbeit an. Dann muß ich mir selber eine Bleibe für den Rest des Tages schaffen, eine Art Unterstand, da es ohne ihn keine Möglichkeit gäbe, im bewegungs- und luftleeren Raum, jenseits der normalen Umlaufbahn, auszuhalten. Also ziehe ich die Wände hoch – sie müssen schon, wenn ich aufrecht stehe, bis über meinen Kopf reichen –, decke das Dach, richte mich innen notdürftig ein: eine provisorische Sitzgelegenheit und ein etwas höherer fester Gegenstand, auf dem ich zur Not auch mal meine Ellbogen aufstützen kann. Das alles erfordert ungeheure Geschicklichkeit, weil ja die üblichen Gesetze für diesen Tag nicht gelten. Jeder Augenblick kann umkippen, kaum daß er aufgerichtet ist; die Mauern hören gleichfalls nicht auf zu schwanken, immer wieder lösen sich Dachziegel, einmal hat sich sogar das Dach als Ganzes gehoben und ist weggeflogen. Außerdem scheint es nie sicher, und zwar bis zu dem Moment, wo es endlich wieder Schlafenszeit ist, ob ich bleiben kann, weil das ständige Schwanken womöglich Übelkeit, Platzangst und Panik hervorruft.
Für solche Fälle habe ich immer eine Hängematte bei mir; sie liegt vorsorglich neben meinem Bett, und der Gedanke, mich mit ihr gegebenenfalls einpendeln zu können, hat mich schon erheblich älter und ruhiger werden lassen.

Der Auftrag die Liebe

Es ist alles in Ordnung. Ich habe ihr soeben den Kopf abgeschlagen. Sie blutete kaum. Was soll ich als nächstes erledigen?

Ich wartete, ich harrte aus. Dieser Anfall mußte vorübergehen. Er ging in einen anderen über. Daß ich ein Opfer bin, kann ich nicht behaupten, und auch die Schuldfrage führt zu nichts. Es ist die Liebe, natürlich, etwas anderes wäre auch gar nicht mehr in Frage gekommen.
Nicht, daß ich wüßte, was das ist. Nur hat sie mich fest im Griff. Sie hält und schlägt mich, sie treibt mich um, sie richtet in ihrer Abwesenheit Angriffe gegen mich, denen große Teile von mir schon unwiederbringlich verfallen sind. Sie ist verantwortlich dafür, daß ich lebe und nicht sterbe, sterbe und nicht lebe. Sie achtet genau darauf, daß ich bleibe, als ihr Anhängsel. Sie gibt nicht nach. Sie ist in allen Körper- und Nichtkörperteilen zugleich. Sie hält mich besetzt. Ihretwegen kann ich keinem Beruf nachgehen, keiner anderen Beschäftigung. Sie läßt Vergessen nicht zu.
Sonntag befand ich mich schon in der Endrunde. Sie dauerte so lange wie der Ausflug. Ich hatte mich nicht mehr für sie vorbereiten können, ich war schon, bevor ich antrat, k.o. Der Mann war auch k.o., aber aus anderen Gründen, über die er, wie üblich, kein Wort verlor. Über meine Lippen kam keine Frage mehr, kein Ausspruch, kein Ton. Durch meinen Körper und über mein Gesicht ging keine Bewegung. Ich war ausgestorben.

Die Augen waren weit geöffnet und starr, ich konnte sie nicht mehr schließen. Alles lag hinter mir, auch das auf mich Zukommende. Es war Frühling und sonnig, und die military camps, die wir passierten, etwa fünf, und ihre Abgrenzungen und Hinweisschilder bildeten den vertrautesten Rahmen.
An einer Stelle wollte der Mann ein paar Schritte tun. Ich ging mit ihm. Ein schmaler Pfad führte auf eine Wiese. Ausgeweidete Rumpfknochen von Ulmen ragten hervor. Sonst war und blieb alles gleich weit entfernt, auch aus der Nähe. Keine Menschen, kein Vieh, keine Autos. Das dunstige Grün des Nachmittagslichtes dämpfte die Lautlosigkeit.
Was uns körperlich voranbewegte, war die Mechanik des Ganzen. Es ging in alle Richtungen zugleich. Wir überquerten eine Anhöhe. Dahinter grasten zwei Schafmütter mit ihren drei Lämmern. Wir setzten uns und ließen etwa einen Meter Grasnarbe Abstand zwischen uns. Eines der Lämmer versuchte zu trinken, knickte zusammen, blieb am Boden liegen. Wir standen auf, gingen zurück. Der Atem wurde mir schwer bei der leichten Steigung.
Auf der Rückfahrt drückte ich endlich die schlaflosen Augen zu. Für den Mannskopf im Profil, den geliebten neben mir, gab es nichts mehr zu ändern. Alles und nichts traf zu auf ihn. Außer der Liebe, die aber von mir inzwischen vollständig Besitz ergriffen hatte. Ich sah mit ihren Augen, dachte mit ihrem Hirn, hungerte mit ihrem Magen, zog den Rotz hoch durch ihre Nase, sammelte Tränen in ihren Drüsen. Ihr Herz schlug mir bis in die Haarwurzeln. Der Atem, der hastig bei mir ein und aus ging, viel zu schnell, als daß ich mich an ihm hätte festhalten können, war ihr Atem.
Plötzlich sagte sie: Ich glaube, ich bin unheilbar krank. Ich zuckte zusammen, ich wollte nicht, daß der Kopf ne-

ben mir es hörte. Denn es ging ja um Unerklärliches. *Foetus on my breath* lief weiter und der Kopf reagierte nicht. Das war das Ende der Runde.
Die unheilbare Krankheit hatte den Gong sofort begriffen. Sie verteilte sich, durch nichts mehr behindert, gierig über mich. Meine Liebe. Sie saugte mich im Nu vollständig auf. Mörderisch war gar kein Ausdruck. Es ging kannibalisch zu. Am verlockendsten war ihr offenbar das Hirn.
Ich achtete in diesem Zustand vor allem auf eines: nicht aus der Form zu gehen. Das war meine einzige Chance bis zum Eintreten des Endes: Würde. Aber es strengte so unsäglich an, daß jedes Anspannen der äußeren Muskelgewebe zu einem Schreigemetzel im Rumpfinnern führte. Und die Kinnlade war auch nicht ruhigzustellen. Sie zitterte, sie knirschte in den Gelenken. Die Luxusgüter Charme, Interesse und Offenheit waren mir alle restlos ausgegangen. Kein Lächeln ließ sich mehr herbeiquälen, kein Wort mehr hinsagen. Beim Essen war es evident: Du mußt die Dinge nicht so ernstnehmen. Sieh mal – Mein Blick durchbohrte die Tischplatte, den Fußboden, die Etage darunter, den Boden des Hauses, die gebündelte Kanalisation, die dünne Schicht Erde, die dickeren Schichten Schwärze, und langte an bei dem, was er oben gerade hinter sich gelassen hatte. Fenster- und dachlose Aufbauten, Blöcke, Fronten aus Beton, Stein, Metall. Ich tat einige Augenschritte zurück und sah, daß alle Zwischenschichten abgetragen waren. Die Aufbauten, Fronten undsoweiter, alles hatte ein genaues Spiegelbild in der gegenüberliegenden Schwärze, die ich zurückgelassen zu haben meinte. Ich konnte mich ungehindert zwischen Spiegelung und Gespiegeltem bewegen. Ich fühlte mich fast frei, zumindest weit entfernt von jener Liebe, die ihren Körper, ihre Krankheit, ihr lebendes oder totes Gegenüber braucht.

Durch eine hohe, aber durchsichtige Mauer war ich von der Kunst des Lebens, die mit uns am runden Tisch saß, luftdicht getrennt. Es war völlig klar, daß ich kein Recht mehr hatte, dazusein. Aber diese unheilbare Liebe dachte nicht daran, aufzugeben oder sich wenigstens vornehm zurückzuziehen. Sie warf sich gegen die Mauer, daß es nur so klatschte, ihre wirren Blicke versuchten, die anderen wütend festzunageln. Sie wollte unbedingt wahrgenommen werden, obwohl sie schon ganz genau wissen konnte, daß dadurch alles nur noch schlimmer würde. Insbesondere der Mann sah ein paarmal mit einem Ausdruck zu ihr herüber, als wäre sie eine Zumutung. Ganz so schamlos und hingebungsvoll hatte er sie nun doch nicht gewollt.

Ich überlegte, was zu tun sei. Es gab nur eine Möglichkeit, nämlich die Liebe während der Dauer der Mahlzeit zu ignorieren, das heißt sie toben zu lassen und vorzugeben, sie habe nichts mit mir zu tun. Je mehr und länger ich das versuchte, desto wilder schlug sie um sich, desto toller wurde sie. Als ich mit ihr in die Toilette ging, drückte sie mich auf die Klobrille und wimmerte und schrie: Tu etwas, reiß ihnen die Haare aus, sie lassen uns nicht in Ruhe, sie bringen uns um. Jetzt war sie völlig verrückt geworden. Sie buchtete mein Herz aus, wühlte mit den bloßen Händen in meinen Eingeweiden. Sie war häßlich, heruntergekommen, kaputt. Sie schwitzte und stank vor Erregung. Ich begann, mich für sie zu schämen. Wie konnte man sich so gehenlassen. Ich mußte mit ihr wieder zurück an den runden Tisch. Sie sträubte sich, machte sich schwer. Schließlich nahm ich sie Huckepack. Die anderen sahen mir entgegen, als sei ich der Geist, den sie schon aufgegeben zu haben glaubten.

Die Liebe hatte sich inzwischen hochgehangelt und saß mir nun im Nacken. Ich blickte durch die Mauer zu dem Mann, der seine Geschichte weitererzählte. Die anderen

schienen sie gut zu verstehen und bogen sich vor Lachen. Sie flüsterte hitzig in mein Ohr: Du wirst nicht mehr leben können, das sag ich dir.
Als wir auf die Straße gingen, merkte ich, daß ich mich mit ihr nicht mehr in den Wagen würde zwängen können. Sie war zu groß geworden und zu sehr aus der Form gegangen. Ich verteilte sie fladig über meinen ganzen Rücken, indem ich sie mit Schultern und Nacken ruckartig durchschüttelte, und ging los. Die anderen fuhren an mir vorbei; sie hatten die Gedanken und Gefühle, die man in solchen Situationen eben hat. Ihre Blicke überzeugten mich. Während des Gehens wurde mir die Liebe etwas leichter, ein paarmal vergaß ich sie sogar ganz. Vielleicht war sie auch eingeschlafen. Ich wunderte mich über so viel Lebenskraft und Zähigkeit. Sie war verrückt, toll, irre, aber lebensmüde war sie nicht. Entleiben würde sie sich nicht; das überließ sie mir.
Ich überquerte mehrere Straßen, ohne nach links oder rechts zu sehen, aber kein einziges Auto oder Motorrad kreuzte meinen Körper. Gut, es war Nacht; aber ich hatte etwas anderes von einer Metropole erwartet. Einige Männer kamen mir entgegen, leider immer nur einzeln. Eine kurze Weile gingen Schritte hinter mir, die aber nicht einmal näherkamen, bevor die Änderung des Geräusches mir anzeigte, daß der Schrittmacher abbog.
Das Ungenügen füllte mein gesamtes Blickfeld aus. Es war schon wieder Frühling, schon wieder Vollmond, schon wieder Nacht. Schon wieder passierte mir zu wenig, und schon wieder konnte ich nicht in Eintracht leben mit dem, was war. Und sein wird, zischelte sie mir über die Schulter. Geh zu ihm, sag's ihm, verabschiede dich. Ihr Pathos fiel mir auf die Nerven. Außerdem wollte sie ja auch damit nur etwas erreichen, zum Beispiel Umkehr, Reue, Erkenntnis. Es sollte ihm wie

Schuppen von den Augen fallen, damit sie sich blitzschnell an ihre Stelle setzen könne.
Ich drückte den Klingelknopf. Wer ist da. Ich. Der Summer ertönte. Wir waren zu dritt in seinem dunklen Schlafzimmer. Komm unter die Decke, du bist ja ganz kalt. Aber ich erklärte ihm, daß ich wegen etwas anderem gekommen sei, nämlich wegen des Abschieds. Das Wort bedeutete ihm nichts; er winkte ab und sagte: Nun leg dich schon zu mir.
Mit körniger Stimme, immer noch aus dem Hinterhalt, aber doch unüberhörbar, sagte die Liebe: Ich gehe jetzt. Ich wollte mich nur von dir verabschieden. Daraufhin fiel er in einen tiefen Schlaf und schnarchte laut.
Die Liebe begann zu heulen und zu schluchzen. Sie zitterte, sie bebte, sie war ein einziger Aufruhr. Aber es half alles nichts.
Schlaf anstelle von Erkenntnis, sagte ich zu ihr, als gäbe es eine winzige Möglichkeit, sie von etwas anderem als sich selbst zu überzeugen.
Einige Sekunden später waren wir wieder auf der Straße, sie und ich. Verglichen mit ihr kam ich mir geradezu gelassen vor. Ein Blick in eine Schaufensterscheibe zeigte mir, daß ich manierlich aussah, durchaus in Ordnung. Sie stieß und zuckte weiter, krümmte und reckte sich im Wechsel. WIE EINEN WURM ZERTRETEN.
Ich stieg in ein Taxi. Sie klammerte sich an mich, als wäre ich ihre letzte Liebe. Heimlich dachte ich, wie gut ich ohne sie auskommen würde, welche Entfaltungsmöglichkeiten ich ohne sie hätte. Ich würde mich wieder in den unterschiedlichsten Bereichen nützlich machen können, z. B. in einem Büro. Ich würde mich einer Bewegung oder Initiative anschließen können und überhaupt sehr aktiv sein.

Piero della Francesca, St. Michael
(National Gallery, London)

Er wartet, er harrt aus. Der nächste Auftrag wird kommen. Es gibt genug Köpfe auf Leibern. Außerdem will er gesehen werden. Von der Instanz, die die Aufträge austeilt. Als ob eine Instanz sehen könnte. Das zeigt, wie jung er ist. Mit Stolz und Selbstbewußtsein tritt er noch vor sein Gegenüber, das er auf einer Geraden seines Gesichtsfeldes – in der Luft und in angemessener Ferne – weiß. Er sie es wird hersehen, der Blick wird auf ihn fallen. Gleich. Er hat das Richtige getan. Er wird immer wieder das Richtige tun. Das Rechte, mit der rechten Hand. Für ihn sie es. Die am Ende unsichtbar bleiben sich nicht zeigen zu weit entfernt sind nicht existieren. Dieses Glück, jung zu sein. Noch ist die Phantasie stark genug, die Entfernungen zu überfliegen und sich im blauen Raum das Ziel, das Eine, auszumalen, es zu beseelen und zu erkennen. Gott Vater Herrscher Auftraggeber.
Zwei Körper. Der eine lebt, der andere ist tot. Der lebende steht auf dem toten, den er gerade erst getötet hat. Der tote Körper weich, nachgiebig, gewunden und gekrümmt. Sein Ende ragt dünn in die Luft, ein nutzlos aufbegehrendes Ende. Neben den stämmigen Beinen des lebenden. WIE EINEN WURM ZERTRETEN.

Heute ging ich auf ihn zu und er sah mich an. Er ließ mich ruhig und unverwandt kommen. Aug in Auge. Die letzten zwei oder drei Schritte vor ihm erkannte ich ihn schließlich. Er sah, wie gewohnt, über mich hinweg (mit dem linken Auge) und durch mich hindurch (mit dem rechten Auge). Iris und Pupille im Weiß und zwischen den Lidern des linken Auges ein erstarrtes Rund, an dem Entfernung und Nähe gleichermaßen abprallen. Das Auge so gewiß im Licht, daß es nichts mehr zu sehen braucht. Es starrt in die immergleiche Helle und die immergleiche Helle leuchtet es aus. Wachskopf, Engel, To-

ter. Die rechte Hälfte des Gesichtes dagegen schattig, uneben, bewegt durch die geblähte Nüster und die geschürzten Lippen.
Ich trat einige Schritte zurück und setzte mich. Endlich blickte ich auf ihn, aus paralysierten Augen und aus dem Jenseits des Fadenkreuzes. Ich wollte ihm sagen: Krieger, die Ströme treffen nicht aufeinander, sie laufen ins Leere. Statt Liebe Mechanik. Da ich wußte, daß es nicht ankommen konnte, nahm ich Worte und Gedanken ungebraucht wieder mit.

In blutroten Schnürstiefeletten mit Perlenbesatz auf den Leib treten, den Leib besteigen und dann fest auf seiner weichen, nachgiebigen, feuchten Masse stehen. Nicht das kleinste Anzeichen von Mühe, die Balance zu halten, kein Hinweis darauf, daß die Ausführung des Auftrags schwierig oder anstrengend gewesen ist. Einer, der sein Handwerk versteht. Er muß das Ausgeführte nicht einmal mehr durch einen Blick überprüfen.
Nahtstellen seines Körpers und deren unmittelbare Umgebung sind durch Berufskleidung hieb- und stichfest abgedeckt; dort, wo der Rumpf die Bewegung austeilt, sie an die Glieder weitergibt. Ein kurzer steifer Rock panzert Flanke, Hüfte, Unterbauch, Leiste, Geschlecht und Oberschenkel. Steif abstehende Ärmel bedecken Schulter und Oberarm. Um den Hals aber liegt nur ein breites Schmuckband, das einen hauchdünnen Schleier kraust und bündelt. Darunter ein Kettchen aus kleinen roten Perlen. Perforationslinie aus Blutströpfchen, kokett hingestichelt, wo er bei anderen schneidend Ernst macht. Dem Rumpf ist transparente Bläue zur zweiten Haut geworden, die Brustwarzen, Nabel, Brust- und Bauchmuskeln umspannt. Riemen an der Seite verbinden die sichtbare Durchsichtigkeit mit etwas Verborgenem im Rücken. Angeschnallte, eng anliegende Veredelung, die

den Rumpf ins rechte Licht rückt, ihn als Schaufenster für festes Fleisch und Muskelkraft präsentiert: das Faßbare unfaßbar machen.
Der liegende Körper die geschlagene, unheilbare Wunde. Am schlimmsten gehen die Nächte mit ihm um. In der Dunkelheit erst fängt er richtig an zu sehen, denn der Körper ist ein Nachtpirat. Durch die besonderen nächtlichen Lichtverhältnisse bleibt jeder Irrtum ausgeschlossen. Das bewegt ihn. Er ist sich mit allen Schlachten selber ausgeliefert. Er sieht die verwüsteten und verseuchten Flächen und Tunnel und Schützengräben. Die zerschossenen Fassaden und zerbombten Transportwege. Er kann ausgestreckt nicht zur Ruhe kommen. Er bräuchte etwas, das ihn nachträglich und vorbeugend erlöst. Der liegende Körper.
Der aufrecht stehende der gegen Verwundung und Tod gepanzerte. Der geharnischte Unterleib vor allem gibt sich uneinnehmbar. Während der Astralleib blau ins Blaue ragt, weist ein Schriftband den Weg abwärts in den Unterstand – der Liebe einen Heldenkeller einrichten –, als tiefblauer Rockbund läuft es von den Hüften, entlang den Leistenbeugen, zum Geschlecht: POTENTIA. Worte in großen Lettern an strategisch wichtigen Punkten, eingesetzt als Wegweiser, die an Mauern führen.
Davor, waagerecht gehalten: die Waffe, deren blauen Griff die rechte Hand fest umspannt. Am Arm, der zugeschlagen hat, perlt es rot herab. Blutstropfennaht aus kleinen Edelsteinkugeln, die den um seine Nacktheit gelegten Schleier zusammenhält und schmückt. Die Schwertklinge – der eine scharfe Zahn, gegen den die vielen kleinen Zähne nicht ankommen konnten – durchkreuzt das offene Maul des abgeschlagenen Kopfes, den seine linke Hand am linken Ohr hält. Der Mund hat Waffe sein wollen. Nun ist er, aus dessen im Rot schwimmenden Zahnkranz noch Blut tropft, abgetrenn-

ter Schrei, keines Blickes würdig. Auch hat der, der zuschlug, auf dieser Seite, der Seite des Erledigten, kein Ohr. Wenig Blut an der Schnittstelle, noch weniger an der Klinge. Ein fast unblutiger, genau angemessener Schlag und Schnitt.

Als Schauplatz dient eine steinerne Arena, mit unendlicher Bläue als Bühnenhimmel und einer Brüstung, die durch ihre Höhe alles abschirmt, was außer Luft noch da sein könnte. Kalter Marmor ist die Liegestatt für den geschlagenen Leib. Auf dem läßt es sich gut stehen. Wie auf weichen Teppichen – nicht nur mit einem Fuß auf der Beute.

Luft und Marmor, zwei Leiber, ein Schwert. Wir brauchen für dieses abgelaufene Drama keine Landschaft, keine Geographie, keinen Planeten.

Die gescheckten Marmorfelder an der Brüstung werden von weißen Zierleisten und Reliefsäulen umrahmt. So steht der Mörder – gut ausgerichtet – in einem reinlich weißen, nach oben offenen Rahmen. Vordergründig schließt er ihn mit seinem waagerecht gehaltenen Schwert, trennt so Oben von Unten. Schreint sich von unterhalb des tiefblauen Wortkeils bis zu den blutroten Stiefeln ein. Wer immer ihm jetzt noch begegnen möchte – SCHACH – trifft zuerst auf das Schwert, dann erst auf ihn.

Er hat seinen Auftrag soeben ausgeführt. POTENTIA oder der Liebe den Kopf abgetrennt. Standort ist der tote Leib. SIE BEFINDEN SICH HIER.

Er wird es wieder tun. Der zweigeteilte Leib, aus dem Blut fließt, ist eine erledigte Einheit. Ein einziger großer Zahn statt vieler kleiner, ein glatter, harter, zweckmäßig schön geformter Gegenstand, mit dem sich etwas ausführen läßt, die bessere Einheit. Kein Mund, kein Ohr, kein Auge mehr vonnöten. Durch das Instrument entscheidet sich der Kampf auf alle Zeit im voraus. Kein

Hals hat sich je wehren können gegen den Beschluß des Messers, Beils, Schwerts, über ihn als Schnittstelle zu verfügen.
MICHAEL, *Sankt, Erzengel (der erste sein, an der Spitze stehen, regieren; anfangen, beginnen)* will nicht kämpfen, nichts entscheiden, nichts erreichen. Er wird nur immer siegen. Dafür benötigt er den lebenden Leib. Immer wieder wird er schnellen Schnitts beweisen, daß jeder Körper zu ersetzen ist. Michael hat es gerade getan: die Schlange durch das Schwert ersetzt, das Tier durch die Waffe, die Natur, Potentia, das Geschlecht . . .

Im Dunkeln legte er seine Lippen leicht geöffnet auf meine. Der Krieger versiegelt sein Schlachtfeld. Ich war unergiebig, erschöpft und ruhig und antwortete nicht. Sein Speichel lief in meine Mundhöhle und in den Rachen, sein Atem ging in mich ein und wand sich um meinen eigenen, der gerade hinauswollte. Knochenlose Festigkeit und skelettierte Weichheit trafen einander. Ich liebe dich, sagte die Liebe. Sie war mit uns in der Dunkelheit eingeschlossen. Ich lauschte ihrem lang auslaufenden Seufzer hinterher, der von irgendeiner Höhe langsam herabglitt und anschließend in dem Meer aus Vergeßlichkeit, Schlaf und Sinnzertrümmerung versank. Wir aber lagen begraben unter einer seltenen Harmonie, die eintritt, wenn keiner mehr siegen kann.

On Holiday

Die Haare fielen aus – aber das war nun wirklich das geringste aller Leiden. Viel schlimmer, weil einschneidender, waren die Falten, vielstrahlige Halbsonnen an einigen Stellen, Kerbgatter an anderen, an den flächigeren hauchdünne Fadennetze. Aber das macht nichts, sagte er, ich liebe dich trotzdem. Als wäre das ein neues Medikament gegen alles.

Die kriegerischen Auseinandersetzungen hörten nie ganz auf und dauerten nun schon vierzig Jahre an. Immer brachen sie an der exponiertesten Stelle aus, gefolgt vom langen Hin und Her der Unentschiedenheit, bis sie – fast regelmäßig – an einem ganz bestimmten Punkt, einem unwegsamen Nadelöhr zwischen Oben und Unten, sich verheddderten und anschließend festsetzten. Es dauerte dann ziemlich lange, ehe sich der verknäuelte Haufen zersetzt hatte. Und er verursachte einen unheilbaren, wenn auch durchaus vergeßlichen Schmerz. In diesem Falle blieb der eben geäußerte Satz schon nach dem Bruchteil einer Sekunde kompliziert am Nadelöhr stecken.

Das Auto fuhr natürlich weiter, schließlich war nur einer der zwei Insassen getroffen, der weibliche, und außerdem ging es für vier Tage in die Ferien.

Auf der schmalen, an einigen Stellen überspülten Straße, die durchs Meer führte, lag ganz unverletzt und tot in einer Schneewehe ein kleines weißes Felltier. Angefahren, erfroren, erschossen, das Genick gebrochen. Die Augen sanft geschlossen. Aber erst Stunden später ging ein Mann mit geschultertem Gewehr und begleitet von einem falben Hund denselben Weg.

Auf dem Festland gab es noch Sonnenlicht; es hielt sich rosig über der verschneiten Fläche, ließ schwarze Vögel aufsteigen und Schneewolken sich zusammenschließen zu Verbänden und Einheiten, die teilweise schon bis auf den Horizont hinabreichten und sehr bald auch die Fläche stürmen und miteinnehmen würden.

Für das Auto war es am mühsamsten. Es hatte mehr als zwanzig Zentimeter hohes eisiges Wasser abzudrängen. Und nie wurde ganz klar, ob es sich noch auf festem Untergrund befand oder bereits unmerklich zu versinken begann in der anthrazitglänzenden, heimlich getriebenen und quellenden Flut. Aber bald gab es doch wieder deutlich sichtbare Ränder, hingeschobene kleine Eisschollen, die sich übereinander schichteten und türmten. Das Wasser holte einige zurück, ließ neue da, schwappte und leckte an ihnen herum.

Die Straße durchs Meer mündete – nach einigen breiterwerdenden Dünenwällen zu beiden Seiten – in eine mit wenigen Bäumen und Häusern bestandene, unmerklich gewellte und an einer Stelle eingebuchtete Inselfläche. Sie ließen das Auto stehen. Die Insel war schneeüberzogen und menschenleer. Auf einer Landzunge hinter der Bucht ragten Pfeiler und Bögen einer Ruine hervor. Das Sonnenrot vom Festland hielt sich beharrlich unter dem größten der Rundbögen, aber auch nur dort; nicht der geringste Abglanz, nicht die leiseste Ahnung von Rosa auf der Schneefläche oder dem Wasser. Keines der Fenster in den Häusern war erhellt, obwohl eine Lichtlosigkeit sich so rasend schnell auszubreiten begann, daß das Zwinkern eines einzigen Auges genügte, um nicht wiederzuerkennen.

Die Insassen gingen auf etwas Großes zu, das ihnen keine andere Möglichkeit ließ. Wie ein riesiger Schiffsbug, der sich allmählich an Land gehoben und geschoben hatte und unmerklich weiter vordrang, lag es da, eine ort-

und zeitlose Endlichkeit im verborgenen Kielwasser. Ähnlich denen am Turm zu Babel wanden sich die blokkigen Aufbauten, die erst ab einer unmenschlichen Höhe einsetzten, spiralig nach oben. Möwen segelten hervor, glitten immer wieder den einen Bogen zum Wasser hinunter und blieben verschluckt bis zu dem Moment, wo sie wieder aus dem Verborgenen auftauchten.
Beide drehten sich – im selben Augenblick – noch einmal um. Und da war schon lange kein Rot mehr und kein Horizont. Ein nicht endendes Band von Schleierwolken wehte durch die Ruine und über sie hinweg, verfing sich zwischen den Pfeilern und schlingerte in den Rundbögen, gefolgt von schwerer Dunkelheit, die sich flockig auf die Fundamente setzte und an einigen Stellen bereits das Meer aufgesogen hatte. Da, wo es noch war, zur Rechten, begann es gerade, sich selbst zu überrieseln, dehnte sich wie unter flüssigem Blei, wölbte sich, ja, war schon ein weit sich hinstreckender runder Buckel, über den sich gut hinabgleiten ließ, flutete hin zur schneeigen Fläche, von der sich Stücke und Schollen abgelöst hatten, die gierig von den nun rundum sich vorschiebenden und rennenden Einheiten vereinnahmt und verschlungen wurden. Ein dünner, sich in unendlichen Röhrensystemen verästelnder Ton kam beständig näher, wurde noch angehoben von einem gleich darauf einsetzenden und sofort alles beherrschenden Gemisch aus Heulen, Brüllen, Brummen und kontinuierlichem Seufzen. Unterdes hockte die Burg auf dem Fels, brütend und klammernd, und als ständig zunehmendes Übermaß schob sie sich weiter vor, obwohl kein Meßinstrument je ihre Bewegung hätte wiedergeben können. Das mußte es sein, was diesen unwiderstehlichen Sog erzeugte, der zu nichts weiter führte als einem Auf-der-Stelle-Treten, obwohl sich zugleich alles austauschte, veränderte, zusammenwuchs; selbst Burg und Fels verloren jetzt ihre

eigenen Konturen, bildeten nur noch ein riesiges verschwimmendes Zentrum im noch riesigeren Sogwirbel.

Sie konnten nicht mehr, sie brauchten nicht mehr zu können, denn sie waren schon wie alles andere. Also drehten sie um. Das Vorher staute sich dabei momentan zusammen und saugte sich selber ab. Ein weitausholender Zug atmete zugleich das Jetzt hin, und mit ihm fiel Schnee. Dicht und wattig. Fiel fiel fiel. Auf die Burg, den Fels, glitt ab an ihm, auf das Meer, auf die glatte, ausgeatmete und ganz entspannte bodenlose Schwärze. Das Wasser war am passivsten. Es gab einen gleichmäßigen, federleicht wäßrigen Ton von sich, als gingen viele Tausendfüßler auf ihm und über es hinweg. Berührten jeweils nur flüchtig die tausend Wasserpunkte mit ihren wieviel tausend Zehenspitzen und träten weiter und weiter und nirgends hin.

Jetzt ging alles gut. Sie fühlten sich warm, gelangten ganz selbstverständlich am Auto an, ja, sie begannen, nachdem sie die Türen zugeknallt hatten, sogar miteinander zu reden, während das Auto ausgeglichen startete und losfuhr. Der männliche Insasse steuerte. Das bekannte Abbild unendlicher Gelassenheit. Der weibliche ließ die Sonnenblende herab, um in den dahinter befestigten Spiegel sehen zu können. Es war natürlich nichts weiter zu erkennen als ein naher dunkler Teil (des Kopfes) vor einer entfernteren grauweißen Wand (des Schneefalls). Sie wußte trotzdem haargenau und detailgerecht um den Verlauf der entscheidenden Linien.

Während sie weiter miteinander redeten, klappte der weibliche Insasse die Blende wieder hoch und dachte mit größter Ungerührtheit, die an Schönheit und Harmonie grenzte, an etliches. Eine Art Repertoire von Vorstellungen und Erinnerungen und Akutzuständen. Es bereitete ihr Hochgenuß, wie jetzt die Highlights von Mikro-

und Makrogeschehen auftauchten, rundum gut gepolstert und ohne einen einzigen herausragenden Stachel, und wieder versanken. Und was es nicht alles gab ohne wehzutun. Von den Millionen Arbeitslosen über die Menschen, Tiere und Pflanzen, denen man selber auch nicht gerade freundlich begegnet war und die normalerweise alle immer wieder Weinanfälle kriegten, bis hin zum allgemeinen Imperialismus und seinen global bekannten und abstrahierten Folgen.
Die Schneeflocken rannten gebündelt in die Scheinwerfer, ununterbrochen hastig. Auf den Globus hingegen fiel der Schnee, dicht und weich; wirklich, es war so angenehm. Wieder lag ein totes Felltierchen am Rand, auf die Seite gedreht wie im Schlaf, und schon durchsichtig zugedeckt. In unglaublicher und fast unspürbarer, vergangener Entfernung tauchte ein schwacher Aufschrei auf, ein kleiner Junge mit Nickelbrille stürzte in der Kurve vom Fahrrad und wurde am Kopf von einem VW-Bus überfahren. Einen Augenblick sah es so aus, als würde der Schnee zu Regen. Die Scheibenwischer arbeiteten hektischer und geräuschvoller, und um ein Haar wäre der Hochgenuß untergegangen. Weiter begegnete ihnen aber nichts auf der Fahrt durchs Meer.
Auf dem Festland war es wieder hell. Auch hatte hier der Frühling eingesetzt. Der Schnee war weggetaut, die Saat begann zu grünen. Viele Stellen waren überflutet. An einer empfahl der männliche Insasse dem weiblichen, den Wagen zu verlassen, da die Entlastung es sicherer erscheinen ließ, daß er nicht im aufgeweichten Boden steckenbleiben würde. Sie stieg aus. Die Luft war so milde, wie sie von innen ausgesehen hatte. Eine weiche Feuchtigkeit legte sich sogleich als Film über ihre Augen. Der männliche Insasse trieb hörbar das Auto an. Es kam erfolgreich von der Stelle und fuhr langsam, aber stetig weiter und davon. Die Frau sah es deutlich kleiner wer-

den und ging ihm unverdrossen nach, obwohl das wegen des aufgeweichten Modderbodens nicht leicht war. Sie setzte auch immer wieder zum Laufen an, wenigstens für ein paar Schritte. Bis sie ein deutliches Rückwärtsgefühl hatte. Sie drehte sich um und sah das uneingezäunte und ununterbrochene Meer, das beachtliche Fortschritte gemacht hatte. Es war ungefähr nur noch zehn Meter entfernt oder zehn ihrer Schritte vielleicht. Die Insel war natürlich nicht mehr da, und es gab keinen Horizont.

Ich erinnerte mich sofort, daß bei Flut allergrößte Eile geboten war und daß man sich leicht verschätzte. Ich lief, langsam und schnell zugleich; da hörte ich die erste Woge näherkommen und kurz hinter mir zusammenbrechen und auslaufen. Lau und schaumig kam das Wasser bis an meine Hacken und leckte sich sogar noch ein Stück an den Waden hoch. Zwischen einer und der nächsten Woge gab es das Atemholen, den Rückgang, das Innehalten, Ausatmen. Wieviel Zeit das Meer hatte. Hingegen war das Auto nur noch sichtbar als kleiner Punkt auf einem sich verlierenden Gleis.
Ich blickte mich nochmals um, wollte die Entfernung abschätzen. Es war totenstill und unglaublich ruhig. Da stand die zweite Woge schon heimlich hinter meinem Rücken, als konkave Wand, die bis zum Himmel reichte, jedenfalls, so hoch ich sehen konnte. Oben der schaumige Saum. Durch die Drehung meines Oberkörpers stieß sie leicht an das linke Schulterblatt. Ich blieb stehen, sie berührte mich nun überall auf einmal und brach über mir und mit mir zusammen.

Was dann geschah, erinnere ich nicht mehr. Aber sie kamen sicher wieder zu Hause an.

Die Kunst zu ertrinken

Tagsüber beschäftige ich mich vornehmlich damit, darauf zu warten, daß es wieder dunkel wird. Im Dunkeln gibt sich das Unsichtbare ungezwungener und natürlicher. Es nimmt entspanntere Züge an. Später Frühling und früher Sommer sind wegen der Länge der Tage und also des Ausgeleuchtetseins der sichtbaren Welt am anstrengendsten. Auch das üppigste Laub kann davon nicht lange genug ablenken. Im übrigen ist ja auch das Laub schon sehr viel fadenscheiniger und insgesamt seltener geworden. Die meisten erfolgreichen Suizide bringt der Monat Juni mit sich.

Im Dunkeln, besonders in der unruhigen Stille der Nächte, kommt die Ruhe wieder zu sich und beginnt sich hin und her zu wälzen und manchmal auch zu lärmen und zu toben. Die Augen sehen wieder klarer und die Ordnung macht Anstalten, in ihre unordentlichen Bestandteile zu zerfallen.

Verglichen mit der herrschenden Ruhe, dem Licht und der Ordnung aber ist die Dunkelheit zu schwach und zu kurz. Sie ist schon lange keine wirksame Alternative mehr. Aber vielleicht kommt ja einmal der Tag, wo es nicht mehr hell wird.

Das Meer hat eine Oberfläche aus zusammengefügten Steinen; vielleicht ist es auch Asphalt. Musik legt sich übers Meer, Wind, der erst durch die Pappeln gegangen ist, im Sommer sind es auch Fluglinien von Schwalben und langgezogene Wolkenbänder. Ich lege mich nicht aufs Meer. Ich befinde mich unter seiner Oberfläche, in

einer ganz bestimmten, sich kaum verändernden Höhe oder Tiefe. Die Anfälle, die von mir ausgehen, schlagen keine Wellen. Sie erzeugen nur kleine Strudel und Wirbel wie von Wimpertieren. Aufruhrfeldchen, die das Meer ignoriert und die durch unsichtbare Trichter schnell weggluckern und fortschlürfen.
Der Wind, jetzt schon ein Sturm, bewegt die oberen Schichten gegen einen Rest von Licht. Ich sehe, wie er sich durch die Pappeltriebe wühlt und höre ihn in ihrem Laub. Die ganze Nacht. Er flaut ab, setzt neu ein, hält sich in Strudeln und Wogen.
Vor dem Fenster türmt sich die Luft. Es will nicht dunkel, geschweige denn schwarz werden. Die Schwalben machen weite sich dehnende Bewegungen vor.
Gedanken halten sich in mir auf, Gefühle und Körpersäfte. Beim Nachbarn läuft, wie üblich, das Radio. *Hundreds of thousands of people took to the streets.* An wenigstens drei verschiedenen Stellen der Geographie.
Ich bin zu alt, zu unruhig und anfällig, um mich zu freuen oder traurig zu sein. Daß ich mich unter dem Meeresspiegel befinde, und schon seit längerem, ist mir erst vor kurzem klar geworden. Die Ruhe kommt unbeweglich daher – das Meer. Die Person kommt in Anfällen daher – ich. Unter der Oberfläche aus Stein oder Asphalt.

Drei Wege von unterschiedlicher Beschaffenheit hatte die Person nacheinander zu gehen, um zu einem unbestimmten Ziel – in der Sprache der Träume: nach Hause – zu gelangen. Zuerst ein einfacher, wenn auch schon beschwerlicher Sandweg, dann eine Brücke, die den Sandweg mit dem Meer verband und die sehr schmal und überfroren war, dann das völlig zugefrorene Meer. Es schien unmöglich, sich darauf fortzubewegen. Die Person versuchte zu gehen, bald schon auf allen Vieren. Es gab keinen einzigen Haltepunkt, auch kein Oben und Unten oder Links und Rechts. Nur noch das gefrorene Meer, das jetzt nicht mehr Grund war, sondern unbegehbare, das heißt spiegelglatte und eben eiskalte Allgemeinheit.

Die Person schlief ein, obwohl sie sich unaufhörlich auf allen Vieren weiterbewegte, an Ort und Stelle. Ein abwechselnd aufs Eis eintretender und an ihm abgleitender Automatismus. Sie begann zu träumen, sie gehe durch eine hügelige, üppig bewachsene Landschaft über angenehm langgezogene Wege. Von jedem Punkt des Weges aus konnte sie alles sehen.

Am Himmel bewegte sich eine gläserne Blase, eine durchsichtige Kugel in dieselbe Richtung und mit der derselben Geschwindigkeit oder Langsamkeit wie die Person auf dem Boden. In der Kugel ging gerade die Sonne unter, als karmesinrote Scheibe hinter einem dichtbelaubten Baum, der mit seinen Wurzeln, dem Stamm und der gleichmäßig ausladenden Krone den gesamten Kugelraum durchmaß und sichtbar machte. Das Laub der Krone stieß an die Kuppel. Es könnte eine Kastanie gewesen sein.

Einen Augenblick lang verlor die Person die Kugelblase aus den Augen. Dann bewegte diese sich auch schon schneller als die Person und beschrieb dabei einen Bogen, dessen Ende auf die Landschaft und den Weg zielte. Der Bogen wurde immer steiler, die Blase im Stürzen ein massives Rotationsellipsoid; die glasige Durchsichtigkeit war eine stumpfgraue Holzumwandung aus ineinandergreifenden Latten geworden.

Die Person lief. Sie wollte nicht zermalmt werden. Schon krachte und splitterte es, alle Pflanzen, selbst die kräftigsten Bäume, beugten sich tief und legten sich wie unter einem Orkan auf die Seite.

Es folgte das unvermeidliche Erwachen. Dabei hätte sie

auftauchen und übers Wasser gehen können. Dazu war der Schlaf ja eigentlich da.

Nach allem blieb ihr nun nur noch eines: weder unterzugehen noch aufzutauchen. Weder zu schlafen noch zu wachen, weder zu leben noch zu sterben. Es handelt sich nicht um eine dichterische Freiheit, sondern um das Privileg, in aller Ruhe noch lebendig zu sein.
Das allerdings zog eine Zunahme der Anfälle nach sich, in der die Person vorkam. Sie mußte die Flut, das Element, in dem sie existierte, ständig zerlegen. In Gegenstände und Eindrücke, Geräusche und Gerüche. Sie auseinandernehmen, zersprengen, zur Unkenntlichkeit zertrümmern und verstümmeln. Mit Händen und Füßen, Mund und Augen, Haut und Haar, und Leib und Seele natürlich. Um sie als solche, wo nicht durchlässig, so doch in minimaler Bewegung zu erhalten. Das wiederum war so wichtig, damit die Person selber in Bewegung blieb und nicht, wie an der Oberfläche des Meeres schon geschehen, versteinerter Teil des Ozeans wurde.
Es ging also um die Art von Anfällen, die das Ertrinken begleiten und die die ertrinkende Person zu jenem charakteristischen Verhalten zwingen. Die Flut war ja das herrschende und zwingende Element, ein und alles.
Die Person bildete sich ein, ununterbrochen um sich zu schlagen, gar Unteres nach oben zu wirbeln. Hinzu kam eine Art Benennungszwang. Wenn sie den Mund aufmachte, um die einzelnen Bestandteile jeweils mit einem zugehörigen Wort zu versehen, damit sie von ihnen nicht eingenommen, vollgestopft und also erwürgt würde, mußte sie die Lippen immer gleich wieder zuschnappen lassen, die Einzelteile also rasend schnell herausgeprustet haben. Im selben Moment, in dem sie in den Mund drangen oder durch die Nase in die Kehle laufen wollten, mußten sie auch schon wieder ausgespuckt sein.

Es war ein Würgen und Spucken und Wasser und Luft durcheinander Ein- und Ausatmen.
Noch zu ihren beharrlich sich hinziehenden Lebzeiten unter Wasser wurde in den Grabstein dieser Person ein sehr langer Satz gemeißelt, dessen Anfang schon zur Unlesbarkeit verwitterte, als an sein Ende noch überhaupt nicht zu denken war.

Mein Gedächtnis ist mein Körper. Mein Körper ist löchrig. Das Einzige, was nicht durch seine Maschen fällt, ist Liebe und Qual. Als ich jünger war und noch nicht ganz so zerschlissen, habe ich oft gegen beide so gut gekämpft, daß man sie mir nicht anmerkte. Das gilt besonders für die Qual. Ich betrachtete sie als Müll. Ich köpfte, zerhackte, zermalmte, pulverisierte sie, schnitt sie mit meinem Gelächter ab, manchmal genügte auch schon ein Lächeln. Sie ließ das alles mit sich machen, verschwand aber in Wirklichkeit nie, sondern hielt inwendig nur ganz still wie eine zerstückelte Scheintote.

Nachts hatte sie Auferstehung in neuzusammengesetzter Form und erschien mir so im Traum, wo sie nun mich köpfte, zerhackte, zermalmte, pulverisierte, mich mit ihrem Gelächter abschnitt.

Wenn sie mir nicht im Traum erschien, drückte sie einfach auf meine Blase, so daß ich aufstehen mußte, um zum Klo zu gehen. Dann richtete sie sich in mir zu ihrer ganzen Größe und Schwere auf.

ANNE DUDEN, 1942 geboren, Kindheit in Berlin und DDR, lebte von 1953 bis 1962 in Oldenburg, dann in Berlin. Seit 1978 vorwiegend in London.
Lektorat dieses Bandes: Uta Ruge